UN DÉLICE DE DRAGON

ROMANCE DRÔLE ET SENSUELLE À KINSHIP COVE

COMPAGNONS & MACARONS

ELLIS LEIGH

EBook ISBN: 978-1-954702-50-9
Paperback ISBN: 978-1-954702-51-6

Correction de la version originale : Lisa Hollett, Silently Correcting Your Grammar, LLC
Couverture par : Kinship Press
Traduit par : Valentin Translations
Pour toute demande, contactez ellis@ellisleigh.com

CHAPITRE 1

GINGER

LES PÂTISSERIES ÉTAIENT DE VRAIS AIMANTS À MECS. VOUS voyez comme les chiens et les bébés attirent les femmes vers les hommes seuls dans les parcs ? Les sucreries et le café rassemblaient les hommes de Kinship Cove en foule. C'est pourquoi tenir et travailler dans la seule pâtisserie de la ville, *Un amour de gâteau*, un nom que j'avais trouvé, était une grande victoire pour moi. J'avais le choix entre les mecs de la région, ou j'avais *eu* le choix. J'étais presque sûre d'avoir vu tous les gars célibataires sauf ceux de ma famille, qui auraient pu l'être, ou qui sentaient mauvais.

Ne jugez pas mon aversion envers ceux qui sentent mauvais. Étant humaine dans une ville pleine de métamorphes, l'aspect odeur devenait une bonne unité de mesure pour savoir si un garçon valait la peine d'un rendez-vous. Vous avez déjà rencontré une moufette-garou ? Ou un furet ? Oui. Mes draps coûtaient beaucoup trop cher pour leur faire risquer toute possibilité de... de puanteur persistante.

Les autres hommes ? J'avais eu des rencards avec eux. J'y étais allée, je l'avais fait. Peut-être plus d'une fois, mais j'en doutais. Au fond, j'étais une fille du genre « une fois, c'est bien ». J'avais besoin de sang neuf, raison pour laquelle le mariage le plus important de l'année dans la communauté métamorphe qui se déroulait dans notre petite ville était un tel cadeau. Des mecs de tout le pays allaient arriver en masse, et notre pâtisserie tournait à plein régime. J'avais le choix dans mon genre de gars favori : grands, sombres, beaux, et en ville pour quelques jours seulement. Ils étaient tous tout à moi.

Sauf un.

— Le retour de l'homme magnifique.

Je lançai un petit sourire au renard sérieusement beau qui venait de passer la porte d'entrée en glissant un plateau des petits gâteaux en forme de licorne préférés des clients dans la vitrine. Aucune licorne n'avait été blessée au cours de leur fabrication, et oui, je devais le préciser sur l'étiquette, sous le nom, pour empêcher que les métamorphes s'inquiètent.

— Qu'est-ce qui t'amène de nouveau ici ? Et si tu parles d'autre chose que de ma sœur, je pourrai te castrer.

Je ne plaisantais pas, même si je m'assurais de garder un sourire brillant. Magnus avait flâné dans notre pâtisserie la veille et s'était amouraché de ma sœur Coco. Suffisant pour qu'ils passent la soirée ensemble. Pour dîner seulement, cependant, d'après elle. Pas de sexe. Bien dommage, car le mec était beau en majuscules, B-E-A-U. Et pas disponible pour moi.

Il était sportif aussi.

— Merci de m'avoir prévenu, mais ne t'inquiète pas, je suis là pour Coco.

Vraiment pas disponible.

— Bien. Viens derrière, elle travaille sur une commande de macarons pour un événement.

Je tirai un morceau de papier ciré du dérouleur et attrapai une friandise pour lui, une que je savais, d'expérience, appréciée par les hommes. Ma sœur pouvait accumuler ses passages dans des draps si elle utilisait ses compétences. En cuisine. Et… les autres. Mes deux sœurs, Coco, la sérieuse, et Madeleine, la silencieuse un peu rêveuse, avaient tendance à être plus réservées que moi. Coco fréquentait quelques hommes, mais Madeleine jamais. Moi ? Je compensais pour les deux. Je compensais bien. Sauf avec le gars pour qui Coco semblait être tombée. Maintenant, ils devaient seulement tomber un peu plus… De préférence dans un lit, ensemble. Nus.

Et maintenant, je ne pouvais penser qu'à ce gars, à poil. Bien sûr.

— Du kouign-amann.

Je donnai à Magnus le gâteau beurré, en envoyant à travers lui toutes mes pensées suggérant « Couche avec ma sœur ». Ça ne pouvait pas faire de mal, pas vrai ?

— Coco a été formée par un chef pâtissier français après l'école. Ses éclairs sont à couper le souffle, mais ça, c'est un incontournable.

Il grogna peut-être à la première bouchée. Je ne pouvais pas lui en vouloir.

— C'est délicieux.

— Oui, et elle en confectionne tous les jours. Si tu as de la chance, elle t'en préparera aussi chez vous.

Je me tournai en franchissant la porte, en souriant malicieusement.

— J'espère que tu aimes faire du sport.

Son roulement d'yeux ne le rendit que plus beau. Des cheveux grisonnants, un corps qui criait « je fais du sport » plus fort qu'une chanson de LMFAO, et un sens de l'humour ? Ma sœur avait décroché le jackpot avec lui. La pétasse.

— Salut, la cuisinière, braillai-je en menant Magnus dans le royaume de la farine, du beurre et des choses délicieuses, aussi connu sous le nom de cuisine. Tu as une livraison.

Ma pauvre sœur, affairée, ne leva même pas la tête, se concentrant plutôt sur le plateau de macarons roses.

— Cinq minutes. Il me faut encore cinq minutes pour les placer avant que la garniture s'implante trop et que je ne puisse pas les coller comme il faut.

Magnus répondit avant moi.

— Je peux attendre.

Coco lança vite un regard, ses yeux noirs dirigés vers l'homme derrière moi. C'était peut-être un signe, il fallait que je sois... n'importe où sauf entre eux. Je me glissai de la cuisine au couloir qui menait à notre réfrigérateur de plain-pied. On l'utilisait surtout pour stocker des produits – on avait plus d'aluminium que... eh bien, un magasin qui vendait des choses fabriquées en aluminium –, mais ma plus jeune sœur aimait aussi se cacher là-bas. Je la trouvai juste à la porte de la chambre froide, l'air presque perdu, observant une plaque pleine de petites pointes de glaçage.

— Tu as perdu quelque chose ?

Elle fronça les sourcils un peu plus.

— Je n'arrive pas à réaliser un glaçage en forme de dentelle correct sur le gâteau de mariage, alors je me suis dit que j'allais essayer un autre dessin. Ce sont des chaussures neuves ?

Je tournai ma jambe et levai le talon de mon pied gauche.

— Oui. Tu les aimes ?

Elle opina du chef, ses yeux toujours posés sur les sabots rouge et marron, peints à la main, que je cherchais depuis trois semaines.

— Elles sont belles. Combien de temps vont-elles durer ?

Elle sous-entendait, combien de temps vais-je les mettre avant de les jeter au fond de mon armoire pour ne plus jamais y repenser.

— Jusqu'à ce qu'ils sortent une nouvelle paire encore meilleure. Comme d'habitude.

Elle secoua la tête.

— Tu n'es jamais contente de ce que tu as. Comment va le loup ?

Celui du gâteau de marié. Les futurs époux étaient des métamorphes, des loups-garous pour être précis, alors le couple avait demandé que le dessert du dîner de répétition soit un loup hurlant à la lune. Cliché, mais envisageable. La future mariée, Fiona, avait ri quand je lui avais annoncé la même chose.

Chérie, on est des métamorphes. Être clichés fait partie de nous.

Alors, voilà un loup en trois dimensions, grognant.

Je ne l'avais jamais dit à Coco, mais j'aimais bien Fiona. Elle était forte et indépendante, insolente et un peu sauvage. Elle était aussi liée à l'ex-petit ami de Coco pour le reste de sa vie, à cause d'un non-sens cosmique du destin. Presque tous les métamorphes devaient tout laisser tomber dans leur vie au moment où ils rencontraient leur fameux « vrai compagnon », uniquement parce que l'univers leur avait lavé le cerveau pour qu'ils croient que cette personne était parfaite pour eux.

Un tas d'âneries.

Mais je digressais.

— Le gâteau du marié est terminé et est rentré dans son terrier pour la nuit. Je dois seulement achever quelques dizaines de petites mignardises pour les enterrements de vie de garçon et de jeune fille.

Des desserts alcoolisés : des gâteaux renversés à l'ananas et au rhum, des gâteaux au chocolat noir et au Rumchata, des gâteaux des anges avec des framboises trempées dans de la vodka. Fiona savait faire la fête, et je savais la prolonger. Du sucre et de l'alcool… parfait.

— Il y a tellement de choses à surveiller.

Madeleine secoua la tête et attrapa un petit truc argenté dans une collection d'autres trucs argentés qui brillaient.

— Je suppose que Coco a presque fini les macarons.

Les pâtisseries pour lesquelles ma sœur était célèbre.

— Elle était bien partie, mais Magnus vient d'arriver pour la distraire.

— L'homme vieux, celui d'hier ?

Vieux, parce qu'il avait les tempes et la nuque un peu grises.

— Ils sont mignons tous les deux.

Et beaux. Il avait l'air d'être gentil. Mais…

— C'est dommage qu'ils ne soient pas voués à être ensemble.

Madeleine pivota sur son talon presque au ralenti. Comme dans un film d'horreur.

— Il ne peut pas être plus vieux qu'elle à ce point.

Je clignai de l'œil. Et encore.

— Je n'ai rien insinué à propos de la différence d'âge.

Elle rougit de la nuque, puis cela monta aux joues.

— Oh ! J'ai cru… Enfin, je me suis trompée. Mais quand même, pourquoi ne seraient-ils jamais ensemble ? Ils vont peut-être tomber amoureux.

Je pointai mon pouce derrière mon épaule, en direction de la cuisine derrière le mur.

— Ce qui se passe là ? À se faire les yeux doux ? C'est du désir. Et c'est très bien, le désir ; c'est mieux que bien. C'est super, puissant et parfait pour une nuit ou deux, mais il ne faut pas le confondre avec l'amour. Si tu mélanges, ça te brise ton petit cœur.

La tête penchée, ses yeux noisette dans les miens, elle boudait.

— Alors, comment tu connais la différence ?

Ma petite sœur était aussi douce et innocente qu'un bébé ; mais elle était aussi très certainement vierge. Ce n'était pas mal, mais j'étais loin de pouvoir en dire autant. C'était un sujet à aborder délicatement.

— L'amour, c'est… calme. Patient. Silencieux. Toute cette excitation balayée, ce n'est pas de l'amour, c'est le désir qui cherche à attirer ton attention. L'amour n'a pas besoin de se donner en spectacle.

— Mais s'il y a coup de foudre ?

Elle voulait être une princesse… rien de surprenant.

— Ça ne fonctionne que dans les contes de fées et pour les pauvres métamorphes coincés dans ces histoires de compagnons prédestinés. Ça n'existe pas pour nous.

Les arcs parfaits de ses lèvres – elle était vraiment la plus jolie de nous trois, et je la détestais un peu pour ça – se changèrent en froncement de sourcils.

— Je n'en suis pas sûre, Ginger.

Je haussai les épaules, car, sincèrement, que pouvais-je répondre à ça ? Elle apprendrait. Peut-être de la manière forte si elle vivait un rêve à la Cendrillon. Une chaussure et un prince magnifique qui envoie tous ses hommes à la recherche de son amour perdu. On était à l'époque des sites de rencontre, de Facebook et des photos dénudées. Qui avait besoin d'un soulier ?

J'attrapai un plateau de gâteaux dans le réfrigérateur et me dirigeai vers la boutique, en pensant que je m'occuperais de la vitrine plutôt en fin de matinée/début d'heure du midi. Dernièrement, j'avais été très enthousiaste à propos de mes confections, savoureuses et douces. Sur le plateau que j'avais pris, il y avait des toasts au sirop d'érable et des gâteaux au bacon, à la framboise et aux bretzels, ainsi que mon préféré, chips-caramel. Je sais, mettre des chips sur un gâteau paraissait bizarre, mais quand lesdits gâteaux à la vanille étaient recouverts d'une sauce au caramel décadente, d'une crème au beurre au caramel, garnis de miettes de chips saupoudrées, et surmontés d'une chips entière et d'une goutte de sauce au caramel, ils devenaient le meilleur sucré-salé existant. Vous en mangeriez. Croyez-moi.

Tout de même, cette passion pour le sucré-salé commençait à dater. Je devais essayer quelque chose de neuf, je devais expérimenter à nouveau et me concentrer sur un autre objectif. J'avais besoin d'une nouvelle obsession. Coco aimait dire que j'avais une faible capacité d'attention, mais je préférais utiliser mes désirs pour créer des nouveautés, meilleures, et en faire plus plutôt que de me contenter de la routine. Les gâteaux pouvaient se vendre directement sur le plateau, mais finalement, j'en avais eu marre de devoir réaliser une combinaison particulière et je voulais évoluer. Alors, j'allais évoluer. J'aimais chercher de nouvelles manières d'explorer les saveurs, de mélanger des ingrédients que les gens n'auraient jamais assortis. J'appréciais que tout soit neuf et frais dans ma vie comme en cuisine. Mon père me disait inconstante, je me considérais comme aventureuse.

— Oh, Dieu merci, tu es là !

Misty, la gérante de notre magasin, du service client, et experte sur tout ce qui concernait les métamorphes, puisqu'elle en était une, se hâta dès que je passai les portes pour entrer dans la boutique.

— Ma mère a besoin de moi au restaurant quelque temps, et je viens d'envoyer Coco manger avec Magnus. Est-ce que tu peux me remplacer le temps que je prenne ma pause et que je m'occupe de ma famille avant qu'ils brûlent le restaurant ou quelque chose du genre ?

La famille de Misty tenait un petit établissement en bas de notre rue. C'est ainsi qu'on l'avait connue. Elle y travaillait pendant que mes sœurs et moi préparions l'ouverture de notre commerce autour d'un café et d'une tarte maison. Elle s'était plus ou moins embauchée elle-même quand on avait ouvert, ce qui, étonnamment, avait plutôt bien fonctionné pour nous. On cuisinait, elle vendait les produits, et tout le monde gagnait de l'argent en mettant un sourire sur le visage des gens. Tout le monde y gagnait.

Elle dirigeait aussi la boutique comme si c'était une opération militaire, alors, si elle avait besoin de partir, c'est que quelque chose de terrible avait dû arriver au restaurant.

— Bien sûr. Pas de problème.

— Tu es un cadeau du ciel.

Je lui adressai un rictus et un clin d'œil.

— C'est ce qu'ils disent tous.

Misty rit et se précipita dehors, me laissant seule avec nombre de plateaux de délicieuses pâtisseries. Entre ça et le brassage d'odeur de café, nous allions recevoir une grande foule à l'heure du déjeuner. C'était une belle journée ensoleillée, donc j'ouvris la porte d'entrée, installai un ventilateur pour envoyer subtilement l'odeur de la pâtisserie dehors, et me mis derrière le comptoir. Le piège était tendu.

Il ne fallut pas trop de temps avant de voir mon premier client.

— Sheldon ! Comment vas-tu ?

Sheldon Pierce, loup-garou, légèrement timide, qui aimait regarder dans mon décolleté quand on dansait, me sourit en tirant une femme derrière lui.

— Salut, Ginger. C'est ma compagne, Ali. On a senti l'odeur de la pâtisserie depuis la rue et on s'est dit qu'un gâteau ou deux ne nous feraient pas de mal.

— Oui, super.

Sa compagne m'adressa un rictus timide. Il semblait que Sheldon et moi ne danserions plus, avec cette fille à l'air sympathique qui tenait son bras. J'étais presque triste pour elle – Sheldon n'était pas vraiment une star au lit. Je l'avais ramené chez moi un soir, seulement une fois, et je me souvenais avoir été vraiment super contente de le voir partir avant l'aube. En réalité, j'étais presque sûre qu'il ne m'avait jamais emmenée. Il n'avait pas décroché son permis, pas réalisé de touchdown. Il n'avait pas marqué le but de la victoire, si vous voyez ce que je veux dire. Une vie entière de sexe sans fin agréable, tout ça parce que des destins mystiques avaient décidé que c'était *lui* la personne parfaite pour vous ? Non merci.

Bien sûr, je n'allais pas leur raconter cela.

— Félicitations tous les deux, je ne savais pas.

Je leur offris mon plus grand rictus et me dirigeai derrière la vitrine.

— Que pensez-vous de scones à la vanille – *parce que Sheldon est aussi mou qu'eux* – et de café ? Offerts par la maison, bien sûr. Considérez que c'est mon cadeau pour vous être trouvés.

Sheldon baissa les yeux vers sa compagne et hocha la tête dans ma direction en la voyant sourire.

— Ça a l'air super.

L'heure passa ainsi ; des hommes de la ville vinrent, avec qui j'avais pour la plupart eu rendez-vous à un moment ou un autre, et je leur vendais quelque chose de la vitrine avec du café. Parfois du thé. Travailler en boutique était un exercice de séduction – parce que, qui résisterait à cette opportunité ? – et un voyage sur la route des souvenirs. Tellement de gars, tellement d'anciens compagnons, tellement de nuits bonnes ou moins bonnes. Seigneur, je devais sortir de la ville plus souvent. J'étais presque sûre d'avoir rencontré tous les célibataires disponibles.

Quelques types de la cité avaient requis plus que je ne comptais leur donner ; plus de mon temps, plus de moi, plus d'engagement. Ceux-ci étaient contents de me voir, espérant que j'allais changer d'avis et sortir avec eux de nouveau, ou irritables. Comme si le fait qu'ils ne m'intéressaient pas était ma faute.

Bon, peut-être que c'était un peu le cas.

En quelque sorte.

Mais ce n'était pas comme si je pouvais contrôler mon cerveau. Rien ne durait longtemps, rien ne retenait mon attention ou ne prenait racine à part mes sœurs et la pâtisserie. Tout ça était avec moi pour le long terme, mais le reste ? Des feux de paille. Des distractions. Des jouets voués à être oubliés à la fin. Peut-être que s'ils avaient été assez mémorables…

Un homme entra, et mes pensées… disparurent.

Mon cerveau… brûla.

Mes sous-vêtements… s'humidifièrent.

Mon Dieu, il était la chose la plus belle que j'avais jamais vue. Grand et musclé, mais sans être épais, avec une chevelure noire épaisse parsemée de gris et les yeux les plus bleus que j'avais jamais remarqués. Un bel homme qui semblait prêt à me manger, et qui en était capable aussi. Et nouveau en ville.

Je touchais le jackpot.

— Eh bien, bonjour. Bienvenue à…

— Vous sentez la cannelle.

— Je… eh bien, je travaille dans une pâtisserie.

Je le gratifiai de mon plus beau sourire, celui auquel je m'entraînais devant mon miroir, adolescente. Celui qui, je l'espérais, signifiait *pourquoi pas, vous êtes beau et je suis libre, alors amusons-nous* d'une manière pas trop flagrante.

— C'est plus ou moins ce qui doit arriver.

Il fit glisser ses yeux constitués des vagues de l'océan sur tout mon corps, dans lesquels quelque chose de presque cupide perçait.

— J'adore la cannelle.

Il n'y avait aucun doute sur ce qu'il pensait.

— C'est peut-être la façon de me draguer la plus bizarre jamais employée.

Il me lança un regard arrogant qui me coupa les jambes et la respiration. Mais ensuite, il ouvrit la bouche.

— Qui vous a dit que je vous draguais, Salamèche ?

L'attirance pouvait devenir de la colère en un clin d'œil. Ou plutôt, quand une personne s'était possiblement fait recaler. Être irritée à propos d'un surnom que je n'avais pas demandé me servirait probablement plus que la seconde option, cependant.

— Salamèche ?

— Oui, parce que vos yeux lancent presque du feu quand vous êtes énervée.

— Je ne suis pas énervée.

— J'imagine.

Il étudia la vitrine de pâtisseries et leva le menton.

— Je vais prendre un de ces donuts croustillants à la cannelle et un café s'il vous plaît. Avec de la crème épaisse et saupoudré de cannelle, s'il vous plaît.

— Vous aimez *vraiment* la cannelle.

— Vous n'avez pas idée.

Et lui… Il venait de rendre une phrase anodine aussi vulgaire que possible. J'ignorais comment il avait changé des mots si simples de manière à consumer mon corps de l'intérieur. Sérieusement, aucune idée. Ce que je savais, c'est que je ne voulais plus le voir dans ma boutique. Techniquement, je n'avais plus envie de le trouver dans mon magasin, mais dans ma maison. De préférence dans mon lit. Mais apparemment, il ne souhaitait pas la même chose. Peut-être était-il marié ; probablement pas, il n'avait pas de bague au doigt. Comme si je n'allais pas regarder. Je n'étais pas née de la dernière pluie.

C'était Kinship Cove, la maison de centaines de lignées de métamorphes. Peut-être qu'il avait une compagne prédestinée qui l'attendait chez lui. Oui, il avait probablement une compagne. Enfin… Il pouvait avoir d'autres raisons de ne pas m'inviter à sortir. Je n'étais pas arrogante au point de penser que je plaisais à *tous* les hommes. Je m'étais seulement attendue, pour quelque raison que ce soit, à autre chose qu'un surnom débile et un râteau ferme de sa part.

Pourquoi avais-je si mal au cœur ? Est-ce que j'étais… triste ? Pour un type qui ne m'avait pas draguée ? Qu'est-ce qui ne tournait pas rond chez moi ?

— Ça va, Salamèche ?

Je clignai des yeux, regardant le gobelet vide dans ma main. Celui que je tenais depuis au moins une minute en cherchant à comprendre la réaction de mon corps au charme de M. Faiseur-De-Surnoms. Ou quelque chose comme ça.

— Oui, ça va.

Je lui préparai son café, attrapai son donut et retournai au comptoir pour l'encaisser, avec un rictus figé. Mais pas non plus mon sourire charmant pour lequel je m'étais entraînée. Il ne le méritait pas.

— Ça fera quatre dollars.

Son biceps sortant de son bras quand il saisit sa valise n'attira *pas* mon attention. Non. Pas du tout.

— Quatre est un nombre intéressant, vous ne trouvez pas ?

Je levai les yeux de son bras, me demandant à quel moment j'étais retournée en cours de maths.

— Quoi ?

— Quatre.

Il me donna l'argent, ses doigts qui me frôlaient le mieux induisant des picotements le long de mon bras.

— Deux plus deux.

— Alors, vous avez réussi à l'école maternelle. Bravo.

Son sourire devint narquois, une partie de sa bouche bougea.

— Oui, l'école maternelle, et même après. Même la biologie. La physiologie. L'anatomie.

Oh, Seigneur !

— Vous aimez étudier les corps, alors ?

Ses yeux diablement bleus toisaient et dévoraient mon torse de haut en bas.

— Certains. Cependant, j'aime vraiment étudier l'interaction entre les corps. La manière dont certains sont faits pour se rencontrer me fascine.

— Je n'en doute pas.

Je laissai tomber sa monnaie sur le comptoir.

— Bon donut et bonne journée.

Il secoua la tête, son rictus s'intensifia.

— Merci pour la conversation, Salamèche.

— Je ne m'appelle pas Salamèche.

— Oh si ! Bien sûr que oui.

Cet âne m'adressa un clin d'œil en passant la porte.

Misty le croisa en rentrant et le regarda avec insistance. Elle avait l'air très préoccupée en franchissant le seuil.

— Qui c'était ?

— Un client.

Misty ne paraissait pas souvent prise au dépourvu, mais c'était le cas ici.

— Pourquoi ? Qu'est-ce qu'il t'arrive, mon renard ?

Elle haussa les épaules, l'air toujours angoissé.

— Je n'ai pas réussi à le cerner.

Le cerner. Comprendre à quelle espèce de métamorphe il appartenait. Oh ! je n'avais pas songé à ça.

— Peut-être que c'est un humain.

— Les humains ne sont pas aussi beaux à cet âge. Désolée, mais…

Elle n'avait pas tort.

— Ne t'inquiète pas.

— Méfie-toi de celui-ci, au moins tant que je ne sais pas ce qu'il est.

— Ne t'en fais pas pour ça, je ne veux plus d'interaction avec cet abruti.

Cet abruti… dont je ne parvenais pas à détacher mes yeux.

Cet abruti… qui m'avait fait me sentir complètement instable quand il était parti.

Cet abruti… que j'allais attendre le lendemain.

Oui. Celui-ci. Merde !

CHAPITRE 2

GINGER

J'AVAIS DES PETITS GÂTEAUX DANS LE CERVEAU.

La pâtisserie était fermée depuis longtemps, j'étais chez moi depuis des heures, pourtant je ne pensais qu'à des desserts. Après un appel de groupe avec mes sœurs afin de discuter de ce qu'il faudrait faire le lendemain – et parler de la vie amoureuse soudaine et trépidante de Coco avec le superbe Magnus –, je m'étais assise pour trouver comment m'occuper ensuite. Plus précisément, comment mélanger les arômes pour arriver à des friandises délicieuses et irrésistibles pour les clients d'*Un amour de gâteau*. Des friandises que je n'avais pas déjà confectionnées. Quelque chose de nouveau et d'excitant. Mais peu importait combien de temps je restais assise dans mon canapé avec mon carnet à idées et ma playlist pour réfléchir, mon cerveau tournait dans le vide. En tout cas pour ce qui avait rapport à la pâtisserie.

Il y avait d'autres sujets sur lesquels je ne pouvais pas *ne pas* me concentrer. Comme la cannelle. Ou les abrutis.

Le crétin qui m'avait appelée Salamèche le jour même à la pâtisserie était ma plus grande distraction, et cela n'aidait pas. Ses cheveux grisonnants et ses yeux bleus dansaient dans mes pensées chaque fois que j'essayais de me mettre au boulot et de penser, et l'irritation que j'avais envers lui pour m'avoir surnommée comme il voulait au lieu de me demander mon nom comme un homme galant m'arrêtait dans mon élan. Surtout parce que je ne connaissais pas *son* nom. Peut-être que j'allais lui en assigner un, comme il m'avait affublée de Salamèche. M. Mauvais-Nom.

Non.

M. Faiseur-De-Nom.

Encore plus non.

Alain Dunom, maire de Nomville.

Oui, même dans ma tête, ça ne marchait pas.

Peu importait comment je décidais de l'appeler, il était suffisamment entré en moi pour prendre de la place dans ma tête. Aucun homme ne faisait ça ; quand j'étais au boulot, je ne pensais *qu'au* boulot. Quand j'apprenais de nouvelles choses, je me concentrais sur chaque détail et laissais les autres projets de côté. Tout ce que j'entreprenais, c'était avec toute mon attention et ma concentration. Jusqu'à lui.

Enfin, je ne *me le faisais* pas.

Oh ! Seigneur, l'idée de *me le faire…* juste là, dans mon salon… sur le sol. Oui, ce serait le top, bien sûr. Avec toute cette chaleur derrière les yeux ? Il serait trop intense pour attendre d'arriver à la chambre, trop désireux pour me laisser m'échapper dans un endroit doux et privé. Il me prendrait à peine arrivé ; me jetterait au sol, déroberait ma culotte et plongerait en moi sans préambule. Au diable le confort. Je pouvais presque le voir ; presque sentir ses yeux posés sur moi. Presque goûter…

— Putain !

Je lançai le carnet de côté. Cette soirée n'allait pas se dérouler comme je l'avais prévu. Un verre. J'avais absolument besoin de sortir de chez moi et d'aller boire un coup. Et peut-être d'un homme qui aurait la décence de me demander mon nom, pour me distraire. Pour sortir de ma tête M. J'aime-La-Cannelle.

Ce pseudonyme ne fonctionnait pas non plus. J'y avais réfléchi pendant un moment.

Après trente minutes de préparation et dix de route, j'entrais dans le bar que j'aimais le moins dans la baie. C'était un endroit pour touristes, où les locaux n'allaient presque jamais. Exactement ce qu'il me fallait ce soir ; de la viande fraîche. Des gens qui ne me connaissaient pas, avec qui je n'avais pas déjà eu une histoire. J'avais besoin d'étrangers, et toute cette foutue ville était remplie de visiteurs qui se rendaient au mariage de Nico et Fiona. Le bar paraissait parfait.

— Un mojito, s'il vous plaît, demandai-je au serveur dès qu'il arriva.

Il se prénommait Johnny. Humain, il avait emménagé dans la baie quelques années plus tôt. Il en connaissait déjà plus sur les métamorphes et le monde paranormal que la plupart des personnes, et avait tendance à être solitaire. C'était un rebelle mignon en quelque sorte, un peu dur sur les bords, un peu dangereux quand on ne le connaissait pas. Un peu sexy. Il avait l'air d'un homme qui vous donnerait des tapes sur les fesses tout le samedi soir et qui permuterait vos pneus le dimanche sans que vous le lui demandiez parce qu'ils avaient l'air usés. Il était un peu plus vieux aussi ; il avait des cheveux poivre et sel sur les tempes. Comme l'homme de la pâtisserie, le matin. Celui qui m'avait appelée Salamèche.

Salaud.

— Et voilà, Ginger. Je suis là s'il y a besoin d'autre chose.

Johnny m'adressa un clin d'œil et partit derrière le bar, répondant aux appels de clients. Je le regardai s'éloigner – parce que comment ne pas reluquer le plus parfait postérieur dans un jean ? – avant de scruter partout. Cherchant quelqu'un à qui parler. Quelqu'un à qui donner mon attention. Quelqu'un comme l'homme aux cheveux noirs qui me dévisageait depuis l'autre bout du comptoir. Pas de fille à son bras, il m'observait comme s'il aimait ce qu'il voyait et n'était absolument pas résident de Kinship Cove. Ou, en tout cas, pas un que je connaissais. Jackpot.

Prête à jouer, je lui lançai *le regard*. Vous savez lequel ; un léger sourire, la tête penchée d'un air coquet et les yeux dans les yeux, en opinant doucement du chef. Le regard *tu as une chance de m'enlever ma culotte si tu joues correctement.*

Je ne cherchais pas spécialement ça ; il me fallait surtout quelques verres, une bonne conversation et de quoi oublier ma journée. Et si j'avais besoin d'attirer un peu pour ça, je le ferais.

Ma cible accepta l'invitation, s'éloigna du bar et se dirigea vers moi. Il affichait un sourire arrogant – de quoi atténuer l'excitation – et avança avec de longs et lents pas. Un peu comme… un plan au ralenti.

Oh, putain, c'était un paresseux-garou, j'allais perdre la tête !

— Salut, dit-il quand finalement, et je veux bien dire *finalement*, il arriva jusqu'à moi.

— Salut, toi.

Je le toisai de haut en bas, sans rien omettre. Un jean noir, une chemise boutonnée jusqu'en haut, des manches relevées pour laisser apparaître ses avant-bras, et ce rictus narquois. Ça ne fonctionnait vraiment pas sur moi, mais je n'étais pas encore prête à cesser mon activité.

— En ville pour le mariage ?

— Oui. Mon groupe a travaillé un peu pour le chef du clan de la mariée.

Grandir dans une ville pleine de métamorphes vous enseignait que les mots n'avaient pas la même signification que pour la plupart des gens. Il avait employé le terme *groupe*, et il aurait techniquement pu vouloir dire groupe de musique, mais je supposais qu'il s'agissait plutôt d'un groupe de gorilles. C'était plus logique dans une municipalité comme Kinship Cove. Par ailleurs, *le chef du clan de la mariée* ? Fiona était un loup dans un mélange d'animaux. En indiquant *chef de clan*, il sous-entendait l'ours qui dirigeait la ville. Jericho, connu aussi comme le maire de la commune. Un ours-garou que mes sœurs et moi appelions souvent Tonton simplement parce qu'il avait été très proche de notre père. Un gorille-garou qui côtoyait l'ours-garou chef de la municipalité… le patron. Je pouvais m'occuper de ça.

— Alors, vous connaissez Jericho.

— Oui, et maintenant, j'aimerais vous connaître mieux. Comment vous vous appelez, princesse ?

Seigneur, est-ce que les hommes peuvent arrêter de donner des surnoms sans cesse ?

— Ginger. Et vous ?

— Luca. Alors, qu'est-ce que vous faites, Ginger ? À part traîner dans des bars pleins pour cacher toutes les autres femmes qui s'y trouvent.

J'aimerais pouvoir affirmer que je me réjouis de son compliment, mais ce ne fut pas le cas. En réalité, j'étais presque sûre de l'avoir fusillé du regard. Je reculai aussi d'un pas, ce qui ouvrit une perspective que je ne pouvais pas envisager avant. Une perspective qui élargissait ma vue dans le bar et me donnait à apercevoir exactement la personne que je ne voulais pas croiser.

M. *Vous-Sentez-La-Cannelle.*

Et il n'était pas seul.

— Vous êtes là ?

Je reportai soudain mon attention sur Lucas. Luke. Lucophobie. C'était quoi, son nom ?

— Oh, pardon ! Je gère une pâtisserie avec mes sœurs.

— Une pâtisserie ? Comme c'est charmant.

Le mouvement de ma tête se dérégla, et il y avait dans ma voix de la glace que je ne pus pas faire fondre au moment de répéter :

— Charmant ?

— Bien sûr. Vous savez… de jolies filles qui préparent des gâteaux. Tout ce truc ; pieds nus dans la cuisine. Charmant.

J'aurais pu le tuer. Enfin, pas vraiment, mais j'aurais pu l'éviscérer avec mes mots. Je choisis de m'abstenir, car, à ce moment, M. Salamèche croisa mon regard. Il s'était un peu penché, alors la blonde qui lui pendait presque au bras pouvait murmurer à son oreille, mais toute son attention était pour moi. Et j'avais un besoin urgent d'en profiter.

Donc je ris et attrapai le bras du mec avec un prénom en L et m'approchai un peu. Puis j'adressai au gorille-garou mon sourire le plus grand, le plus aguicheur, et j'essayai de ne pas le détester parce qu'il pensait que gérer un commerce florissant qui nourrissait les gens de la ville était *charmant*.

— Pieds nus ? Je suis sûre que ce serait enfreindre beaucoup de règles sanitaires. Je n'aimerais pas devoir fermer parce que je ne garde pas mes chaussures ; on est assez populaires, vous savez.

— Eh bien, si c'est vous qui êtes au comptoir, ça ne m'étonne pas. Comment dire non à un tel sourire ?

Il m'attira vers lui, avançant jusqu'à la frontière entre l'intime et le bizarre. En laissant peut-être dépasser un orteil de la frontière en question.

— Alors, est-ce que ça signifie que tu me prépareras mon petit-déjeuner demain matin, ma petite pâtissière ?

Je jetai un coup d'œil au bar pour découvrir que M. Salamèche ne me regardait plus. En réalité, je ne pouvais pas le distinguer non plus. Peut-être qu'il était parti... avec la blonde.

Je n'en avais rien à foutre.

Rien du tout.

Fait chier. M. Salamèche m'avait changée en menteuse et en joueuse, parce qu'il n'y avait pas moyen que le gorille ait sa chance. C'était le moment de changer de stratégie.

Je posai mon verre presque plein sur le bar et éventai mon visage.

— Waouh ! Il fait chaud, ici. Non ?

— Euh, pas vraiment. Non.

— Oui, j'ai trop chaud. C'est quoi la règle ? Liqueur et bière, de quoi tomber par terre ? Peut-être que je n'aurais pas dû aller prendre un verre de rhum après les bières que j'ai bues en mangeant.

Je feignis d'avoir un haut-le-cœur en portant ma main à ma bouche et le fixant avec des yeux vides.

— Je vais vite aller aux toilettes.

Le gorille eut l'air proprement horrifié.

— Oui. Bien sûr. Je, euh, serai là.

Évidemment qu'il serait là.

Je courus à travers le bar, me glissant entre les gens, cédant à une envie soudaine, légère, dissimulée de vraiment vomir. Nul besoin de faire semblant. Je tournai juste avant le couloir qui menait aux toilettes et me retrouvai sur la terrasse. De l'air frais. Il me fallait de l'air frais pour sortir de ma tête toutes les histoires et les ondes négatives de la journée.

Malheureusement, il semblait que les ondes ne pouvaient qu'être pires. À la seconde où je sortis, tous les problèmes dont je voulais me détacher m'envahirent de nouveau.

— Vous n'avez pas l'air très flamboyante, Salamèche.

Vie de merde.

— Je ne m'appelle pas Salamèche.

— Mais ça vous va bien.

M. Faiseur-De-Nom – sérieusement, c'était le meilleur que j'avais trouvé, et je n'arrivais pas à le sortir de ma tête – sortit de l'ombre, presque comme s'il venait des ténèbres. Ou peut-être que c'était seulement un aperçu de son âme. Et, non, je ne pensais pas exagérer du tout.

— Je suis surpris de vous voir ici ce soir.

— Je ne sais pas trop pourquoi. Je vis ici, vous savez.

— Oui, mais ce n'est pas le bar où vont les habitants.

C'était vrai. Mais les visiteurs l'ignoraient en général.

— Alors, vous connaissez mieux Kinship Cove qu'un touriste habituel.

— Je suis venu quelques fois en quelques années.

— Certainement un peu plus souvent pour connaître les secrets locaux.

J'avançai d'un pas vers lui, incapable de faire autrement. Attirée par ce sourire diabolique et ces yeux bleus. Par l'air de danger et de noirceur qui semblait l'entourer. Par le picotement que sa simple présence provoquait sur ma peau.

— Pourquoi venir ici si régulièrement ?

— Quelque chose m'y appelle toujours.

Il se glissa plus près de moi, apportant avec lui la chaleur de son corps. Me réchauffant presque de l'intérieur.

— Je reviens depuis des années en cherchant à savoir quoi. En me demandant ce qui pourrait être assez important pour retenir mon attention si longtemps.

Mon Dieu, ses yeux froids m'hypnotisaient presque. Presque.

— Ça doit requérir beaucoup de patience, dis-je, en jetant un coup d'œil aux cheveux gris sur ses tempes et en essayant au mieux de ne pas mordre mes lèvres. Vous n'êtes pas vraiment né de la dernière pluie.

Son rictus se tourna définitivement, précisément… vers ma culotte.

— Non, pas vraiment. Je suis un peu plus vieux que vous.

Je ne m'approchai pas de lui. Non. Pas du tout. Et j'étais une menteuse qui mentait, en train de mentir.

— Comment savez-vous mon âge ?

— Vous n'êtes pas la seule à avoir des amis en ville, murmura-t-il d'une voix profonde et sourde.

— Vous vous êtes renseigné sur moi ?

Le risque, le dépassement que cela représentait aurait dû faire exploser mes tempes. Peut-être. Aurait pu, aurait dû, aurait vraiment dû et tout ça. Au lieu de cela, je me sentis encore plus attirée vers lui. Je me trouvai presque pressée contre lui ; torse contre torse. Enfin, torse contre seins. J'aurais préféré un « main contre sein », honnêtement. Un pincement de téton m'aurait aidée à ce moment. Je n'allais pas lui demander cela. Seigneur, si jamais il me touchait volontairement, je pouvais exploser. Morte d'un orgasme spontané. Ça pouvait arriver.

Malheureusement, il n'attrapa ni mon sein, ni mes hanches, ni mes fesses, ni rien de drôle. Il ne me poussa pas de la falaise de l'orgasme comme je l'aurais peut-être aimé ; et par peut-être je voulais dire absolument. Non, je n'eus pas le droit d'être touchée. Au lieu de cela, il parla de nouveau, utilisant sa bouche et ses lèvres roses et pulpeuses d'une manière qui ne pouvait qu'être considérée comme du gâchis. Par moi.

— J'ai indiqué avoir attendu patiemment pour découvrir ce qui attirait mon attention ici. J'en suis arrivé à la conclusion que cela a un rapport avec vous.

Mon incertitude était si puissante qu'elle devint une fusée prête à décoller pour la Lune.

— Alors, j'ai un lien avec quelque chose qui vous attire, et pourtant vous êtes là, ce soir, avec quelqu'un d'autre ? Ça semble contradictoire.

Son sourire qui devenait mauvais me permit en une seconde et demie de me rendre compte que j'avais commis une erreur en mentionnant la blonde.

— Me voir avec quelqu'un d'autre vous énerve ?

Ouaip. C'était une bourde. Maintenant, je suis jalouse. J'étais tombée dans le piège.

— Non. Bien sûr que non. Pourquoi ça m'énerverait ?

Ma défense avait un air irrité et faux même à *mes propres* oreilles. Il en était conscient aussi, et M. Faiseur-De-Nom n'était pas du genre à laisser passer une opportunité.

Il me fit bouger en arrière, frôlant mon bras avec le sien en s'ajustant plus près de moi. Me mettant en place, contre le mur, avec toujours ce regard bleu glacé. Et ses muscles. Mon Dieu, ses muscles. Nous nous touchâmes de nos hanches aux épaules. Tellement de muscles sur cette surface. Tant de picotements sur chaque parcelle de ma peau.

— Vous n'aviez pas l'air si heureuse non plus, Salamèche. Peut-être que votre rencard devrait persévérer.

Respire, Ginger. Respire.

— Ce n'était pas un rencard.

— Bien.

Quelque chose dans ce mot, dans la force qu'il cachait, me fit loucher un peu en l'observant. En même temps, je lui demandai avec toute l'audace qui m'avait été donnée :

— Est-ce que me voir *moi* avec *lui* vous a énervé ?

— Oui.

Simple. Direct. Et absolument déroutant.

— Donc vous pouvez avoir des rendez-vous avec d'autres personnes, mais pas moi ?

— Ce n'était pas un rendez-vous.

— Et qui était la blonde ?

— Quelqu'un de pas du tout intéressant.

Plus près encore, ses lèvres caressaient presque mon cou quand il parlait.

— Alors, vous m'avez remarqué ?

— Comment faire autrement ?

Je me mordis la lèvre et haussai une épaule tandis que ses yeux de glace étaient plantés dans les miens. Puis je souris :

— Vous étiez probablement l'homme le plus vieux dans le bar. Vous ressortiez de la foule avec vos cheveux gris. Bordel, je devrais vous appeler Papa.

C'était… un sacré lapsus.

Un grognement bas roula dans sa poitrine, quelque chose de profond et presque sauvage. Animal. Je ne l'avais pas pris pour un métamorphe, mais peut-être qu'il en était un. Ce grondement semblait trop puissant, trop fort pour être humain. Les métamorphes avaient deux faces, deux êtres dans le même corps. Et à cet instant, je croyais avoir contrarié la bête en lui. Peu importait laquelle c'était.

De ses bras, il m'enferma contre le mur, frottant ses hanches contre les miennes. Me laissant sentir où il était dur, long et épais pour moi.

— Tu m'appelles Papa, et je pourrai simplement te garder.

Les mots étaient difficiles à trouver. Trop compliqué de les mettre ensemble pour lui répondre. J'avais envie de l'embrasser. Je voulais que mes doigts et ses cheveux ondulés et gris s'entrelacent. Je souhaitais enrouler mon corps contre le sien, plus grand. La mort. C'était la mort. Ou ça le serait. Cet homme, ces yeux, ce sourire ; la mort de ma vie d'éternelle célibataire. Il était du genre à garder, mais je n'étais pas de celles qu'on garde. Habituellement. Pour lui ? Oh, peut-être !

Alors, je m'approchai, laissant nos corps se toucher jusqu'aux genoux. Nous laissant nous ressentir. Le parfum soutenu de son après-rasage et la chaleur qui s'échappait de son corps allumèrent un feu dans le mien. Ou peut-être que c'était simplement lui, avec sa bonne odeur sexy et exaspérante.

Ai-je dit qu'il sentait bon ? Parce que ce doit être bien précis. In-croy-able.

Je léchai mes lèvres, frottant son cou avec mon nez et respirant dans ma bouche afin d'avoir ses effluves en moi. Incapable d'y résister.

— Vous sentez…

— La cannelle ?

Mon Dieu, ma colonne vertébrale frissonna au son de sa voix.

— Un peu, mais plus épicé.

— Je sais.

Il frotta son nez à mon cou en retour, me coinçant contre sa poitrine d'une main sur la hanche pendant que j'avais la tête penchée en arrière. J'attendais, j'en voulais et j'avais besoin de tellement plus de lui. J'étais si proche de venir juste là, sur la terrasse, alors qu'il ne faisait rien d'autre que me câliner, que je m'en sentais presque mal. Presque.

Lui n'avait pas l'air de se sentir mal du tout.

— Vous devriez m'embrasser, Salamèche. J'aimerais vraiment.

— Ça ne risque pas d'arriver, vieil homme.

— Pourquoi pas ?

Parce que j'étais idiote. Parce que je ne serais pas capable de m'arrêter à un baiser. Parce que si je couchais avec lui sur la terrasse de ce bar, les gens parleraient. Plus. Ils parleraient peut-être plus. Parce que je n'en aurais jamais assez avec une seule nuit. Merde !

— Parce que vous devriez faire le premier pas.

— Je ne peux pas.

Il ne veut pas m'embrasser.

De l'eau glacée déferla dans mes veines, refroidissant en un instant mon sang. La honte et l'embarras nettoyèrent mon esprit plus vite que tout le reste, me sortant de cette transe dans laquelle il m'avait mise. Il ne pouvait pas être humain. Il était forcément un genre de métamorphe. Aucun homme normal n'avait jamais été en mesure de prendre le contrôle de mes sens de cette manière. Aucun ne m'avait donné autant d'attente, d'envie et de désir comme lui. Il était forcément une espèce de créature magique avec un pouvoir de séduction. Un succube masculin ou quelque chose comme ça.

Ce qui serait donc un incube.

Allez, cerveau. Concentre-toi.

Sans un mot, j'obligeai mes pieds à bouger, mes mains à le pousser pour qu'il recule. J'ignorai le picotement dans mes doigts au moment de toucher sa poitrine, la façon dont ils voulaient entrer dans sa chemise et l'attirer au lieu de l'écarter. Rien de bon ne pouvait venir de ce fourmillement. Il était un signe de danger, et je souhaitais vivement écouter l'avertissement. Alors, je le poussai et me glissai de côté pour le contourner. Pour partir avant d'être moins à l'aise que je ne l'étais déjà. Ce foutu M. Faiseur-De-Nom ne jouait pas comme moi, ne se ramollissait pas de manière que je le travaille et le modèle à ma manière. Au lieu de cela, il avait commencé à prendre les rênes. Me forçant à respecter ses règles et essayant de faire de moi celle qui fond. Ça n'était jamais arrivé.

Et je n'avais pas envie d'apprendre de nouvelles choses à cet instant.

— Je pense qu'il est temps pour moi de rentrer. J'en ai assez de vous pour aujourd'hui.

— *Assez* et *moi* dans la même phrase. Je doute que cela survienne encore.

Sérieusement, je n'avais aucune réponse à lui donner. Aucune. Je n'avais pas les mots pour son arrogance. Bon, d'accord ; je roulai un peu des yeux. Enfin, c'était déjà trop pour un homme comme lui. Alors, au lieu de parler, je fixai mon regard sur la porte qui menait au bar et avançai à grands pas dans cette direction. Je m'échappai de l'étreinte.

Il n'essaya pas de m'arrêter, mais il fit glisser ses doigts sur mes bras quand je le dépassai. Il me séduisit aussi avec une phrase. Enfin, il essaya.

— Je vous aime bien jalouse, Salamèche.

D'accord, oui. Séduite. Tout à fait. Quel abruti !

— Je ne vous aime pas du tout, rétorquai-je, même si tout mon corps brûlait à cause de ce simple contact.

Les hormones étaient insupportables et tout ça.

— Vous changerez d'avis bien assez vite.

Mais en arrivant à la porte, alors que quelque chose dans mes tripes m'attirait et me donnait envie d'y retourner, je fis volte-face. Son petit sourire satisfait et sa façon arrogante de s'appuyer contre le mur confirmèrent mon opinion : cet homme était dangereux d'une manière que je devais éviter. Alors, je mis en avant la Wonder Woman en moi, sortis mon bouclier invisible et lançai mes cheveux derrière mon épaule. Une femme dure à cuire. Voilà ce que je devais être. Et je savais comment.

Je m'arrêtai dans une position qui soulignait la courbe en S de mon corps – seins rebondis, hanche légèrement tournée, fesses visibles – pour lui montrer une dernière fois ce qu'il avait raté. Je gonflai juste assez les lèvres pour qu'il imagine, dans le meilleur des cas, les baisers et les pipes dont j'aurais pu le gratifier – ce qu'il n'aurait jamais – et je relevai un sourcil dans un mouvement qui m'avait pris des mois à perfectionner face à mon miroir, mais qui valait chaque seconde dans des moments comme celui-ci.

Le mode femme dure à cuire décidément activé.

— Pas dans cette vie. Ne revenez pas à la pâtisserie. On n'a pas besoin de vous.

J'espérais et priais d'arriver jusqu'à ma voiture avant qu'il me suive.

Coriace ou pas, je doutais d'être capable de lui résister une seconde fois.

CHAPITRE 3

KINGSTON

KINSHIP COVE ÉTAIT NICHÉE ENTRE UN MUR DE PIERRE ET un océan, sa position offrant des modèles de direction du vent trop amusants pour ne pas faire un tour. Surtout aux heures les plus sombres de la nuit, quand le monde humain se taisait et s'immobilisait. Très certainement au cours de la nuit où – tant de siècles après ma naissance que je ne pouvais pas les compter – je rencontrai ma compagne prédestinée.

En pensant au feu que crachaient ses yeux d'étincelle, je piquai vers le sol, suivant mes instincts en écartant mes ailes. Le dragon en moi avait passé la journée à crier pour que je le laisse ressortir, depuis qu'il m'avait attiré dans cette pâtisserie en ville et qu'il l'avait vue. Celle qui serait mienne. Les dragons n'avaient pas de compagnon prédestiné comme les autres métamorphes. On avait plus de choix en la matière, mais quelque chose à Kinship Cove m'avait entraîné ici depuis des décennies. Quelque chose m'avait mené au bon endroit au bon moment. Un sentiment dans l'air. Une vibration dans l'avenir. Une odeur dans le vent.

La cannelle.

Bien sûr qu'elle sentait la cannelle. Comme un dragon en chaleur : une odeur flamboyante et forte, douce comme il fallait, mais difficile à supporter à fortes doses. Ma Salamèche – Ginger, comme je l'avais appris – m'avait été offerte sur un plateau dans sa pâtisserie, et j'avais refusé de la laisser tomber.

Avec un rugissement silencieux en direction des falaises, je m'élevai dans l'air et me dirigeai vers les parois rocheuses abruptes. J'avais déjà trouvé son adresse – ça n'avait pas été très difficile. Il semblait que tout le monde en ville connaissait les trois filles qui dirigeaient la pâtisserie. Les hommes surtout avaient l'air de connaître ma compagne, réalité qui à la fois me frustrait et apportait de la fierté à la bête en moi. Notre femme était voulue, désirée de tous, et pourtant personne n'avait réussi à l'avoir. À capter son attention pour un long moment. Ça ne me posait pas de problème ; elle avait joué avec les garçons. J'allais lui montrer comment un vrai mec, un dragon-garou, pouvait être. J'allais lui faire oublier tous les autres types en ville et m'assurer que ce sourire brillant et séduisant se tournerait seulement vers moi.

Une fois que je l'aurais convaincue de faire le premier pas.

Voyant un vieil ami assis sur une crête de pierre, je descendis, atterrissant dans un tourbillon de magie et de tissu alors que chaque parcelle de mon corps, chacun de mes vêtements reprenait sa forme initiale, changée à l'échelle de mon dragon.

— Je t'ai toujours envié d'être capable de ça.

Jericho, chef des ours et maire de Kinship Cove, ne me regarda même pas en me demandant :

— Qu'est-ce qui t'incite à voler si haut ce soir, mon ami ?

Mon ami. Je n'en avais plus beaucoup désormais. Trop d'années seul m'avaient rendu râleur, et même le dragon en moi le plus calme semblait vouloir se battre contre eux avec leur bavardage inepte et le bruit constant. Jericho cependant était différent. Sa nature réfléchie calmait la colère que j'avais toujours en moi. Quelque chose que je n'attendais pas d'un ours-garou.

— J'ai rencontré ma compagne.

Simple. Honnête. Droit au but. Ça ne me ressemblait tellement pas.

Jericho soupira, plissant le front.

— Ici ? En ville ?

— En effet. Tu la connais, d'après ce que j'ai compris.

— Laisse-moi deviner… Une des sœurs Chance, qui tient la pâtisserie.

Je n'aurais pas pu être plus abasourdi.

— Comment as-tu su ?

Dans ses yeux, quand il me considéra, il semblait énervé, dur, méfiant en quelque sorte.

— On dirait que c'est leur saison. C'est laquelle, la tienne ?

— Ginger.

Son rire fort brisa le silence de la nuit.

— Ah, tu t'embarques dans un grand voyage, mon ami.

Quelque chose que j'avais déjà présumé.

— Et toi ? J'imagine que tu t'es installé avec une femelle maintenant, que tu as fait quelques petits. Toutes ces histoires de… vie de famille.

— Les destinées ne m'ont pas offert de femme.

Son ton avait l'air définitif, comme s'il ne voulait plus parler de ce sujet. Mais j'étais là depuis longtemps, plus longtemps que mon ami ours, certainement, et je pouvais reconnaître un pas de côté quand j'en voyais un. Peut-être que l'avenir ne lui avait pas accordé une femelle ours, mais elles lui avaient donné quelque chose. Il n'en était pas heureux pourtant.

Et ce n'était pas à moi de forcer.

— Bon, mon vieil ami, je pense qu'il est temps pour moi de retourner aux cieux. Peut-être voyager vers le nord de la ville.

— Ginger habite là-bas.

— Je sais.

Il m'arrêta avec un grognement et un regard noir.

— Je comprends que les dragons ont des règles différentes pour… bon, tout. Mais cette fille fait presque partie de ma famille. N'y va pas seulement pour coucher avec elle.

Oh ! j'allais coucher avec elle. Autour d'elle, sous elle, sur elle, sur le côté, à l'envers… à l'instant où elle me laisserait entrer dans ce qui devait être le sexe le plus doux que les destinées n'avaient jamais créé, je m'exécuterais avec joie. Et je lui donnerais tout ce qu'il faudrait pour m'assurer qu'elle reparte en marchant heureuse, si elle pouvait marcher.

Il n'avait cependant pas besoin de savoir cela.

— Bien sûr. C'est ma compagne… Je la chérirai jusqu'à la fin de ma vie.

Il grogna :

— Bien. Vas-y alors. J'ai hâte de voir comment cela va se dérouler.

J'avais mes écailles et le vent sous mes ailes quelques secondes après, ayant sauté de la falaise dans ma forme humaine pour me transformer dans l'air. Cela générait toujours une réaction chez les mammifères que je laissais à terre. Jericho rit seulement. Ce n'était pas ce que j'attendais. Il paraissait perdu, chose que je n'avais jamais sentie en lui avant. Peu importait ce qui arrivait, peu importait ce qui lui manquait dans sa vie, je pouvais seulement espérer que l'avenir lui donnerait l'occasion de le changer. Le temps avançait seul après un siècle environ.

Me concentrant de nouveau sur la nouvelle femme dans ma vie, je glissai dans le ciel de la nuit vers le nord. Vers le pâté de maisons qui caressait les frontières de la ville, avec leur dos dans la forêt. Ginger vivait là-bas ; assez proche de son travail pour y aller à pied, mais juste assez loin des bars pour ne pas être dérangée. Position intelligente ; tout à fait elle. Peut-être qu'elle était allée dans un bar ce soir-là, peut-être qu'elle les avait souvent fréquentés, mais elle ne voulait pas qu'ils interrompent ses soirées ou lui causent des problèmes. Elle possédait une sorte de tanière. Une résidence privée et silencieuse où elle était en mesure de se terrer et être elle-même. Mais vraiment confortable. J'aimais cela chez elle.

Je dus accomplir trois boucles pour la trouver ; elle profitait apparemment de sa baignoire pour une douche nocturne. Imaginer toute cette peau mouillée, sa chaleur et son odeur dans cette pièce embuée faisait couler mon sexe d'envie. Mais j'étais un homme galant, parfois, et un dragon-garou qui suivait les règles dictées par son clan royal. Ginger ne m'avait pas encore donné la permission de tenter quoi que ce soit avec elle, ou sur elle ; consentement dont j'avais besoin avant d'agir. Accord qu'elle seule pouvait me donner ; la contrainte n'était pas autorisée.

Alors, au lieu de traîner à sa fenêtre et de me rincer l'œil avec toute cette chair humaine, je volai jusqu'au toit et me perchai prudemment au sommet. Et je regardai le monde passer. Dur et prêt à me battre.

Ma compagne méritait un gardien, et c'était ce que j'allais être. Même si ce n'était pas ce qu'elle avait toujours attendu de moi.

Quand le soleil se leva derrière les montagnes à l'est, Ginger se dirigea vers son travail, passant dans les rues silencieuses de Kinship Cove. Je la suivis, dans les airs. Veillant toujours sur elle. Je n'avais pas dormi la nuit précédente, pas fermé les yeux un instant. L'idée de perdre ma compagne avant de vraiment l'avoir s'était fixée dans mon esprit et mes tripes comme une pierre, alors j'étais resté éveillé pour garantir sa sécurité. Mais je m'étais lassé de la distance et je voulais voir son visage de près, j'avais envie d'entendre sa voix et de sentir cette odeur piquante de cannelle dans l'atmosphère.

Heureusement, la pâtisserie ouvrirait bientôt, et je pourrais lui rendre visite de façon légitime. Je patientai dehors jusqu'à ce que la fille derrière le comptoir, pas Ginger cette fois, tourne le panneau marqué *Ouvert*, et temporisai encore quelques minutes de plus. Un homme entra, l'air tout à fait hors de lui. Un loup-garou, si ma supposition était bonne ; et elles l'étaient habituellement. Il sortit bientôt avec rien dans les mains et un regard noir. Bizarre… et possiblement dangereux. Huit minutes, c'était largement assez de temps sans voir ma compagne. Je courus dans la rue, ralentissant seulement quand j'arrivai à la porte avec une petite cloche au-dessus et la poussai.

Mais Ginger n'était pas derrière la banque.

— Bienvenue à la pâtisserie…

Les yeux de la fille s'agrandirent en me remarquant, son nez se contracta presque. Une métamorphe – *Vulpes genus*, si l'odeur ne mentait pas. Les renards-garous n'étaient pas aussi répandus que les loups ou les ours, mais j'en avais croisé un paquet au fil du temps. Dévoré quelques-uns aussi, pour être honnête. Je ne pensais pas que l'inverse était vrai pour elle – qu'elle avait rencontré ou mangé des dragons. Ce pourrait être drôle.

— Bonjour, dis-je en m'efforçant de retenir tout grognement dans ma voix.

— Qui êtes-vous, et qu'est-ce que vous faites ici ?

Pas de plaisanterie. D'accord.

— Je m'appelle Kingston et je voudrais…

— Je n'ai pas besoin de votre nom. Quelle sorte de métamorphe êtes-vous, et pourquoi ne puis-je pas vous sentir ?

Ah ! C'était facile.

— Je suis un dragon, renarde. Vous ne pouvez pas me sentir, car j'ai choisi de ne pas révéler à quelle espèce j'appartiens.

— Un dragon. Ah… je n'avais pas pensé à ça.

Bien sûr que non ; nous n'étions pas vos prédateurs ordinaires. Mais son manque de connaissance sur mon troupeau apaisa un peu mon besoin profond de retrouver ma compagne.

— Oui, eh bien… C'est ce que je suis. Maintenant, je n'ai pas envie de vous embêter, mais j'espérais voir Ginger.

— Non.

Je… ne m'attendais pas à ce refus.

— Je vous demande pardon ?

— J'ai dit non. Vous ne pouvez *pas* voir Ginger.

La renarde secoua la tête et laissa tomber son torchon sur le comptoir.

— Qu'est-ce qu'un dragon veut de Ginger de toute façon ?

Le mot *dragon* était tombé avec dédain, ce qui avait incité ma bête à gronder et à se préparer au combat. Je ne pouvais pas la laisser agir. Alors, je la freinai à l'intérieur, et fis de mon mieux pour que le petit casse-croûte ne puisse pas distinguer les griffes qui poussaient à mes doigts.

— Je crois que c'est entre moi…

Je m'arrêtai pour m'assurer que mes mots soient bien clairs.

— … et ma compagne.

Elle ne cilla pas.

— Conneries. Les dragons ne s'unissent pas pour la vie comme nous tous. Ils choisissent un compagnon, mais peuvent se séparer.

L'ignorance et le secret de mon troupeau seraient ma mort. Ma mort d'ennui.

— Tous les dragons ne s'unissent pas pour la vie, c'est vrai. Mais il y en a qui le font. Dont moi ; ma liaison avec Ginger n'est pas vouée à être rompue.

La fille secoua la tête, l'air beaucoup plus irrité que je ne l'aurais pensé.

— D'abord, des loups viennent pour Coco, et maintenant, un dragon a des vues sur Ginger. Ces filles sont dangereuses.

Elle leva la tête et me fixa dans les yeux encore une fois.

— Si vous vous comportez n'importe comment avec elle, vous aurez affaire à moi.

— Suis-je censé avoir peur d'un renard ?

— Peut-être. Peut-être pas. Mais ma famille rôdera et vous chassera pour vous mettre en pièce si vous lui faites du mal. En commençant par les morceaux que vous aimez le plus, vous comprenez ? Elle est importante pour nous.

Elle l'était pour moi aussi. Et je ne pouvais que respecter l'ardeur avec laquelle cette petite créature la protégeait. J'allais m'assurer de ne transformer aucun des renards de la région en casse-croûte après tout.

— Compris. Je ne lui ferai pas de mal... Sauf si Ginger me le demande d'elle-même.

— Oui, j'ai entendu parler de vos règles de consentement quand vous choisissez une compagne. Elle doit vous tendre la main, n'est-ce pas ?

Malheureusement.

— Exactement.

— Bon courage pour ça. Je m'appelle Misty, au fait. Je pense qu'il vaut mieux que vous le sachiez maintenant que plus tard.

Ginger apparut soudain, traînant un chariot plein d'énormes gâteaux recouverts de glaçage de toutes les couleurs.

— Je te jure, si Coco se fait démonter comme une porte pendant un ouragan par M. Vieux-Sexy au lieu d'être au boulot, je vais vraiment m'énerver.

— Je suis presque sûre que ce n'est pas elle qui se fait démonter, rétorqua Misty en adressant un clin d'œil dans ma direction. Magnus vient de partir ; il a dit qu'il cherchait Coco.

Ginger fronça les sourcils, elle ne m'avait pas encore remarqué.

— Mais… Coco n'est pas là. Elle est toujours à l'heure ; en avance, même. Cette sale gosse nous fait passer pour des fainéantes.

Elle attrapa le téléphone dans sa poche arrière et ne leva toujours pas les yeux en faisant défiler et en tapant sur l'écran.

— La poulette a envoyé un message. Elle annonce qu'elle ne viendra pas ce matin, mais qu'elle sera là après la fermeture pour finir les macarons.

— On dirait qu'elle est malade.

— Non, plutôt qu'elle se cache. Je te jure, je suggère à ma sœur de coucher avec le père de son petit ami une fois, et le monde part en vrille.

Le sourire de Misty devint méchant et… moqueur.

— C'est vrai… C'est vraiment, vraiment vrai. Mais on verra ça dans une seconde. Tu as de la visite.

Le visage de Ginger se redressa brusquement, et elle suivit le hochement de tête de Misty dans ma direction. Son cou et ses tempes se colorèrent délicieusement de rouge quand son regard rencontra le mien. Je pouvais presque y goûter. Par les destinées, elle était éblouissante. Les cheveux coiffés, les yeux brillants, la peau délicieusement rose. Je voulais la plaquer contre la vitrine en verre et embrasser son cou délicat, j'avais envie de glisser ma main sous la chemise blanche qu'elle portait et de pincer ses seins jusqu'à ce qu'elle en réclame plus. J'en désirais tellement… mais ne pouvait le lui prendre. Elle devait me le donner.

Mais l'esprit de ma compagne n'était pas concentré sur moi ni sur ce que j'étais en mesure de lui offrir. En tout cas pour l'instant.

— Dis à Madeleine qu'on a un commerce à tenir, lance-t-elle à Misty avant de se tourner vers moi et de pencher sa tête, montrant la grandeur de son caractère. J'ai l'impression que Coco est en train de se remettre d'un mauvais rendez-vous, et aucun homme ne mérite les larmes d'une femme Chance.

— Si un homme fait pleurer sa compagne, il n'est pas un homme, répondis-je en lui adressant ce que je pouvais seulement espérer être un sourire franc.

Il ne m'aida pas du tout. Oh ! bien sûr, Ginger laissa le chariot et vint jusqu'à moi au comptoir, mais elle ne parut pas ouverte ou prête à donner. En réalité, elle semblait constituer un véritable défi. Que j'accepterais avec plaisir.

— Bonjour, Salamèche.

— Qu'est-ce que vous fichez ici ?

— Je voulais manger un petit encas ce matin. Peut-être un muffin à la cannelle.

Ses lèvres que je rêvais de goûter se renfrognèrent un peu.

— Nous n'avons pas de cannelle. Que diriez-vous du chocolat ?

— Je n'en suis pas fan. Ma langue aime les choses un peu plus piquantes.

Je souris en remarquant que ses tempes rougissaient de nouveau.

— Pourquoi pas ces gâteaux ? Ils ont l'air délicieux.

— Vous ne pensez pas qu'il est un peu tôt ?

— Il n'est jamais trop tôt pour moi, Salamèche. Jamais trop tôt pour rien.

Elle roula des yeux, mais ne put cacher l'esquisse d'un sourire qui vint adoucir son visage déjà beau. Ginger bougea comme si elle allait partir, comme si elle allait s'échapper derrière la caisse, mais j'étais incapable de la laisser filer. J'attrapai son bras, doucement, pas pour la forcer à rester, mais pour l'implorer, et attendis qu'elle rencontre mon regard de nouveau. J'attendis de fixer dans les yeux ma compagne prédestinée. Et quand elle m'observa dans les miens, ma respiration se coupa.

La beauté et la profondeur de ses iris noirs – l'aperçu que ces fenêtres me donnaient de son âme – resteraient dans mon cœur pour l'éternité. À moi. Tout à moi ; je n'avais qu'à la gagner.

— Oui ? s'enquit-elle, l'air d'avoir aussi peu de souffle que moi.

Je ne pouvais me retenir une seconde de plus. Ni rater une opportunité. Les traditions des dragons en matière de couple nécessitaient qu'elle fasse le premier pas, mais j'étais au moins en mesure de m'assurer qu'on soit dans la même pièce quand elle déciderait. Et j'étais à même d'utiliser n'importe laquelle de mes compétences, voire toutes pour y arriver.

— Je veux que l'on dîne ensemble ce soir.

— Oh, vous voulez !

— Oui.

— Je pense que vous devriez apprendre à demander correctement.

— C'est ce que j'ai fait.

— Non, vous avez exigé.

Ma cracheuse de feu chercha à partir, à se retourner et à me pousser, mais je la tenais solidement. Je ne forçais toujours pas, c'était quelque chose qui pouvait énerver les dirigeants s'ils l'apprenaient et m'attirer des problèmes. Non, je ne contraignais pas. Je sollicitais seulement, physiquement.

— Ginger, murmurai-je, en baissant la voix et en la préparant à la puissance du dragon en moi.

Ses pupilles se dilatèrent, sa mâchoire descendit un peu, séparant ses lèvres douces, pulpeuses et roses.

— Vous n'êtes pas gentil.

— Oh ! je peux être très gentil, ma douce. Je peux être très, très gentil.

Elle secoua un peu la tête, comme pour vider son esprit.

— Je ne peux pas… Je ne connais même pas votre nom.

— C'est Kingston, et je ferai de mon mieux pour vous plaire ce soir, pour vous voir crier plus tard.

Le sort se cassa, elle recula, une tempête dans les yeux.

— Vous êtes un abruti.

— Et au fond, vous m'aimez comme ça. Maintenant, à propos du dîner de ce soir, je viendrai vous chercher à cinq heures.

— Je ne pense pas…

— N'oublie pas de livrer le gâteau pour le dîner de répétition, nous interrompit Misty, mon intrépide renarde-garou qui s'était apparemment cachée dans un coin, étouffant tout argument de Ginger aurait pu m'opposer.

Un renard utile, en effet.

Ginger n'avait pas l'air de songer à la même chose, si sa petite mâchoire parlait pour elle.

— Je n'oublierai pas.

Je ne pouvais pas manquer une ouverture.

— Je vous aiderai, déclarai-je, souriant quand les yeux surpris de Ginger rencontrèrent une nouvelle fois les miens. Nous irons dîner ensuite.

Les bras croisés, la hanche penchée, l'air bien trop sexy dans sa colère, ma compagne rétorqua :

— Je ne me rappelle pas avoir dit oui.

— Je ne vous ai pas entendu dire non non plus. Les dragons aiment la précision, chérie.

Je tapotai le bout de son nez et me tournai pour partir, sachant qu'il était temps.

— À ce soir.

Elle aurait pu refuser, elle aurait pu m'envoyer paître, elle aurait pu accomplir une centaine d'autres choses pour me montrer son déplaisir à l'idée de dîner avec moi.

Elle ne fit rien sinon me laisser partir.

Je considérai cela comme un oui à mon offre.

Maintenant, il fallait la gagner… pour de vrai cette fois.

CHAPITRE 4

GINGER

Je levai les yeux vers ma plus jeune sœur, fronçant les sourcils en rencontrant le regard interpellé de Madeleine.

— Quoi ?

Elle hocha la tête en direction de la table où j'avais travaillé la pâte pour les gâteaux. Je l'avais plus étalée que travaillée d'ailleurs.

— Tu bats la pâte comme pas possible. Tu devrais plutôt faire du pain si tu es si nerveuse.

— Je ne suis pas nerveuse.

Ses sourcils sortirent presque de son front. S'ils savaient bouger seuls. Et s'extraire de l'endroit du corps où ils poussaient.

— Alors, on se ment à nous-mêmes, ou on est simplement trop aveugles pour voir ce qui se passe ? Parce que, je dois te le dire, ce n'est pas le moment.

— Oui. Ce n'est pas le moment.

Entre les cookies, le gâteau pour le dîner de répétition, mes mignardises pour les fêtes avant le mariage et la pièce montée, nous étions toutes les trois épuisées. Mais Coco… eh bien, elle était la plus à plaindre.

Je lançai un regard à mon autre sœur. La pauvre semblait être dans son monde, plein de tristesse et de larmes. Un monde qui existait dans le désert aride des cœurs brisés. La voir si ébranlée, tellement perdue dans sa propre peine, m'arrachait le cœur et marchait dessus. La dernière personne pour qui Coco avait craqué – un loup-garou nommé Magnus – semblait avoir déraillé. Elle était si heureuse la veille, riant, racontant des blagues et excitée de son dîner avec cet homme. Ce matin, pourtant, elle avait manqué le travail, alors on avait dû la tirer de son lit jusqu'à la pâtisserie. Et maintenant ? Elle était la porte-parole de Kinship Cove pour affirmer que la déprime était douloureuse.

Je n'allais pas suivre ses pas.

Pas moyen, pas question, pas une seule chance. Je ne laisserais personne s'approcher autant de moi, je ne m'ouvrirais pas à tant de douleur. À moins que ce soit la *bonne* personne. Et par bonne, je voulais dire parfaite ; tout ce que j'avais toujours désiré. Le garçon de rêve que je souhaitais depuis ma première poupée Ken. Depuis l'époque où je prévoyais les mariages de mes Barbie prêtes au ménage à deux et complètement indépendantes. Ken avait été parfait cependant. M. Bien contre M. Maintenant. Je n'en voulais pas moins.

— Eh bien, ces oreilles vont devenir plus pointues qu'elles ne l'ont jamais été. Je croyais que le gâteau était prêt, mais ce petit tourbillon gris en plus le rend vraiment parfait. Pas vrai ?

Madeleine s'éloigna du gâteau du marié, un loup incroyablement grand, en trois dimensions, assis et hurlant – car quoi d'autre voudrait un loup-garou ? – et hocha la tête une fois.

— Oui, parfait. Tu le livres ce soir, tu t'en souviens ?

Comme si je pouvais faillir. Entre Madeleine et Misty, on me l'avait déjà rappelé huit cents fois. Je n'avais jamais raté une livraison avant cela.

Sauf la fois où j'avais omis les cookies pour un baptême de métamorphes.

Oh ! et les muffins pour la réunion de Jericho avec les chèvres des montagnes.

Et, d'accord, les bagels pour le consortium des alligators étaient arrivés un peu en retard, mais ça, ce n'était vraiment pas ma faute.

Merde, j'allais forcément oublier le gâteau !

— Je n'oublierai pas.

Madeleine parut sceptique, mais ne dit rien de plus. Elle glissa plutôt le gâteau sur un chariot roulant sur lequel on mettait les produits fragiles ou lourds et le poussa jusque dans le réfrigérateur de plain-pied. J'étais presque sûre qu'il y aurait des post-it dans toute la cuisine avant la fin de la journée, avec tous le même message en lettres capitales.

N'OUBLIE PAS DE LIVRER LE GÂTEAU.

Je n'oublierais pas.

J'espérais.

Retour aux mignardises. Je déposai la pâte trop battue dans des moules et les envoyai dans le four. Je n'étais pas certaine qu'ils en sortent avec la bonne texture, mais je devais essayer. En tant que meilleure – bien que seule – pâtisserie en ville, nous avions eu tous les contrats pour les desserts du plus grand mariage de l'année. Madeleine avait confectionné le gâteau du marié et travaillait sur une énorme pièce montée avec plus de décorations que je n'en avais jamais vu, et Coco préparait ses fameux cookies aux macarons depuis des jours pour le dîner de répétition. Pendant ce temps, je m'occupais des pâtisseries pour les enterrements de vie de garçon et de jeune fille. Qu'est-ce qui rime mieux avec sortie en ville qu'alcool ? Rien. C'est pourquoi, aussitôt après avoir mis mon dernier lot de gâteaux dans le four, j'attrapai un sachet de crème au beurre vert pâle et commençai le glaçage de mes mignardises à la tequila. Tout le monde aimait la margarita, pas vrai ?

Vrai.

Mes pâtisseries alcoolisées nous avaient valu beaucoup d'attention quand je les avais ajoutées à la carte l'année précédente. Du whisky à la vodka, de la margarita au cosmopolitan, j'avais un gâteau pour vous, quel que soit votre alcool préféré. Fiona, la mariée, avait commandé des dizaines de mignardises alcoolisées pour sa dernière nuit en tant que femme seule. Comment aurais-je pu lui refuser cela ? J'aimais bien ce loup-garou. Je ne le dirais pas à Coco, étant donné que cette femme était la compagne de son ex-petit ami, mais ce n'était pas la faute de Fiona. Le destin était un bordel dangereux – chose que j'avais apprise en grandissant à Kinship Cove.

Heureusement, mon amitié avec Fiona m'avait permis d'être invitée à l'enterrement de vie de jeune fille, qui était devenue d'une manière ou d'une autre un des événements les plus attendus de l'histoire de Kinship Cove. Le lendemain soir, je serais dehors avec un troupeau de nanas – pas littéralement, elles n'étaient pas toutes des vaches-garous – et avec beaucoup d'opportunités d'avoir des problèmes. Ça paraissait parfait, tout ce dont j'avais besoin pour me détendre.

À l'inverse d'un dîner avec cet homme, Kingston.

À la seconde où son nom traversa mon esprit, celui-ci apparut. Il entra par la porte de derrière, comme si c'était chez lui, l'air…

Bon, d'accord, il avait l'air d'un sexe sur pattes. Il était raffiné et plein de style, avec ses yeux bleus glacés fixés dans les miens et un sourire sexy sur son visage. Je le détestais. J'avais aussi très envie de m'asseoir sur sa figure. Parfaitement normal, non ?

— Je ne suis pas encore prête à partir, déclarai-je, écartant mes yeux de lui – bordel, son jean moulait au bon endroit – pour travailler à mes pâtisseries.

— Je vais attendre.

Évidemment.

— Et si je disais que je ne voulais pas venir ?

— J'attendrais plus longtemps, jusqu'à ce que vous retrouviez votre esprit.

— Vous êtes arrogant.

— Ça vient de la race.

Cette phrase attira mon attention.

— La race ?

— Les dragons. Je suis un métamorphe, Salamèche.

L'homme était un animal… littéralement.

— Vous êtes un dragon ?

— Oui.

— Un vrai dragon ?

Le lent roulement de ses épaules qui devint un haussement le fit simplement paraître plus raffiné encore.

— La dernière fois que j'ai vérifié, oui.

— Ah.

— Seulement « ah » ?

Ce fut mon tour de soulever les épaules.

— Je n'en ai jamais rencontré.

Mais je les connaissais : joueurs, pas du genre à se marier, ils avaient tendance à s'isoler des autres métamorphes et à ne pas se mettre en couple. Ils avaient aussi une propension à prendre ce qu'ils voulaient, peu importe ce que c'était – de l'argent, des trésors, des femmes. La plupart étaient des voleurs, des pilleurs, des pirates. C'est, du moins, ce qu'on m'avait raconté. En resongeant à la façon dont il m'avait traitée, à la blonde du bar, il semblait correspondre au modèle.

Il affichait aussi un sourire méchant qui faisait coller ma culotte à mon corps.

— Vous en *avez* rencontré un. Moi.

Malin.

— Non. Je veux dire, j'ai passé toute ma vie dans une ville de métamorphes. Je pensais avoir croisé toutes les espèces. Je n'avais jamais vu de dragon.

— Nous sommes rares.

— Rares à quel point ?

— Assez pour que vous n'en ayez jamais rencontré.

— Ça ne m'aide pas vraiment.

— Ce n'est pas ce que je cherche.

Je soufflai, et il sourit. C'était bien ; nous étions deux à pouvoir nous adonner à ce jeu. Et par deux, je sous-entendais moi, car il pouvait déjà hisser le drapeau blanc. Je gagnerais. Je commençai avec un coup qu'aucun gars ne voudrait recevoir.

— Pourquoi les dragons sont si rares ? Est-ce qu'il y a des problèmes avec…

Je baissai les yeux vers son petit dragon.

— … l'équipement.

Il parut prêt à me cuire avec sa respiration de feu… si c'était vraiment possible.

— Pas de problèmes, non.

— Oh ! parce que j'ai rencontré une fois une guépard-garou, et elle ne cessait de parler de la faible viabilité du sperme des mâles. C'est un vrai souci pour eux.

— Je ne suis pas un guépard-garou.

— Hmmm. De longues gestations, comme les éléphants ?

— Non, rien du genre éléphant non plus.

Si sa mâchoire s'ouvrait encore plus, son visage pourrait se casser. Parfait.

Je tapotai mon menton en feignant de réfléchir… ou pas. Je devais creuser encore. Je trouvais la vie bien plus équilibrée avec des groupes de trois. Soit ça, soit je voulais étudier jusqu'à quel point sa mandibule pouvait descendre avant qu'il explose. C'était un des deux.

— Donc, pas de problèmes érectiles, vous l'admettez…

Je lui adressai un clin d'œil.

— … Et pas de période de gestation excessivement longue. Je vous ai vu bouger, donc vous n'êtes ni trop lents, ni trop paresseux. Sérieusement, Kingston, pourquoi si rares ?

Il soupira, l'air de tant souffrir que j'avais presque de la peine pour lui.

Non, c'était faux. Je n'avais aucune peine.

— On ne s'accouple pas comme les autres métamorphes.

— Oh ! alors… ce sont des soucis de position ? Quoi… vous jetez simplement le sperme dans l'œuf ? J'étais presque sûre qu'il y avait…

— Bordel, non ! On ne balance pas le sperme.

— Dommage. Ça aurait pu être drôle à voir.

— Je ne sais pas ce que j'ai fait pour avoir une créature pareille, dit-il, l'air beaucoup plus énervé que quand il était arrivé.

J'étais déchaînée.

— Nous avons des règles d'engagement à ce sujet, et nous avons tendance à trouver notre compagnon tard dans notre vie, alors on se reproduit pas aussi vite que, disons… des lapins-garous.

Toute cette histoire de lapins… ouais. Baiser comme des lapins ne signifiait pas la même chose à Kinship Cove. Non, attendez, oubliez ça. Ça avait la même définition partout. C'était universel, trop de « sauts ».

— Ce n'est pas une blague. Je suis allé au lycée avec une fille…

Je le dévisageai, ébahie, le coup parfait me frappant si fort que j'en soufflai presque.

— Eh, c'est pour ça que vous êtes si vieux ?

Kingston recula comme si je l'avais cogné, et je dus retenir mon sourire.

— Pardon ?

— Enfin, je veux dire… Vous avez des cheveux gris. Ce n'est pas une mauvaise chose ; vous avez l'apparence d'un vieil homme sexy.

— L'apparence. D'un vieil homme sexy.

Le dédain dans sa voix atteignit des proportions épiques. Je le poussais à parler comme Severus Rogue dans ses mauvais jours. C'était une victoire pour moi.

— Un vieil homme, un homme un peu plus vieux, vous voyez ? Ça vous va bien. Je croyais que vous souhaitiez être un *sugar daddy* ou quelque chose comme ça, vu la différence d'âge entre nous.

Je fronçai les sourcils et plaçai mes lèvres en avant en m'assurant d'exagérer chaque mouvement.

— Vous savez, je serai peut-être un peu trop compliquée pour vous. Peut-être que nous ne devrions pas sortir dîner. Je ne voudrais pas que vous vous couchiez trop tard à cause de moi.

Kingston-Roi-Des-Mauvais-Surnoms n'eut *pas* l'air amusé.

— Vous pensez que je suis trop âgé pour vous suivre.

Ce n'était pas une question. Donc je ne formulai pas une vraie réponse non plus.

— Peut-être.

Il avança d'un pas vers moi, m'enfermant, prenant tout l'espace dans mon monde et ne me laissant que lui comme vision.

— Ne me poussez pas trop loin, jeune fille.

— Pourquoi pas, mon vieux ?

Ses mains atterrirent sur mes hanches, et je hoquetai. Le courant d'excitation que ce simple contact provoqua me fit presque me mettre à genoux. J'aperçus quelque chose de noir et brillant quand il me saisit, mais ensuite nous fûmes dans les airs. J'ignore comment il était sorti de la pâtisserie, je ne le vis pas se transformer, mais il était indéniable que je venais d'être kidnappée par un dragon.

Et j'étais presque sûre que j'appréciais cela.

En découvrant Kinship Cove d'un angle tout nouveau, la regardant d'en haut, je tentai de contrôler les battements frénétiques de mon cœur. Si haut, si vite ; Kingston nous emmena à travers la ville jusque dans les montagnes. Ses griffes étaient pliées contre mon ventre, longues et tranchantes, l'air dangereuses, mais précautionneusement rentrées. Je n'avais pas peur, et il n'essayait pas de me blesser. J'avais le sentiment qu'il essayait de se faire comprendre, et je saisirais, car je n'avais pas envie qu'il me laisse tomber. Cela semblait raisonnable, pas vrai ?

Kingston vola jusqu'à un rebord niché à mi-hauteur de la falaise à l'ouest de la ville. C'était boisé d'un côté, avec un chemin visible facilement ; cela ne ressemblait pas à un endroit où un tueur en série conduirait sa prochaine victime. Tant mieux pour moi.

Quand Kingston me déposa, il vola de l'autre côté du rebord, en atterrissant avec précaution. Puis il attendit, en me contemplant. En me laissant le regarder. Plus grand que je ne l'avais imaginé, plus gros aussi, il se tenait dans toute sa gloire de dragon. Des écailles noires aux reflets irisés qui les rendaient bleues, vertes et violettes, de grands yeux bleus avec des pupilles en amandes et des ailes. De grandes ailes coriaces qui poussaient derrière ses épaules et dépassaient sa tête.

Un dragon.

Ouaip.

C'était un dragon.

Et je ne savais pas comment gérer l'attirance que j'avais pour lui.

— S'il vous plaît, redevenez humain, murmurai-je, me battant avec le besoin de le caresser, le désir déferlant en moi.

Quelque chose dans le fait qu'il m'avait touchée, qu'il m'avait emmenée avec sa force et sa puissance, avait allumé un feu en moi. Et je voulais le voir brûler.

Avec un petit vent, doux contre ma peau, et quelque chose comme l'odeur de l'ozone avant une tempête, Kingston tourbillonna et changea de silhouette, apparaissant sous forme humaine en moins d'une seconde. Me contemplant toujours avec ses yeux bleus, froids.

Et… habillé ?

— Est-ce que les dragons sont les seuls à garder leurs vêtements intacts ?

Parce que j'avais vu bien trop de métamorphes se retrouver dans leur plus simple appareil après être redevenus humains et sans avoir d'habits planqués quelque part. Les rues de Kinship Cove étaient habituellement pleines de culs nus.

— Je crois bien, oui. Notre magie est bien plus vieille que celle de tous les autres. Pourquoi ?

Il pencha la tête et s'approcha, l'air beaucoup trop arrogant pour être pris au sérieux.

— Vous aviez hâte de me voir nu ?

Oui. Absolument oui.

— Bien sûr que non.

— Vous mentez.

En effet.

— Je ne mens pas.

Il attrapa ma main, me tirant vers sa poitrine, glissant son nez dans mon cou. Me faisant trembler.

— Je peux le sentir sur vous, Salamèche.

— Oh, mon Dieu ! m'exclamai-je quand ses mains commencèrent à errer et ses hanches à me frotter.

Son contact était si excitant. Tellement excitant, fort et parfait que c'en était un bonheur. J'en désirais plus. J'avais besoin de plus. Je devais avoir plus. Et pourtant…

— S'il vous plaît, ne gâchez pas ça avec ce surnom chiant.

— Gâcher quoi ? demanda-t-il alors que ses dents parcouraient mon cou.

Je pinçai son biceps, le piégeant contre moi. J'ignorais si je voulais lui dire de me mordre ou pas. Sachant qu'il était temps d'être un peu audacieuse avec lui. Alors, je déposai mes cartes sur la table… ou sur le rocher, puisqu'on était sur une montagne.

— Notre premier baiser.

— Tu vas m'embrasser, Salamèche ?

— Pas si tu continues de m'appeler comme ça.

— Mais j'aime bien. Ça te va bien.

Il n'abandonnerait jamais ce surnom, et j'en avais marre de ne penser qu'à ça.

— Eh, Kingston ?

— Oui, Salamèche ?

Chiant. Je me mis sur la pointe des pieds.

— Tais-toi.

Puis je l'embrassai. Ce fut fort et puissant, et je gémis quand la chair rencontra la chair, quand les langues se croisèrent. Je l'embrassai avec tout ce que j'avais, et tout ce que j'avais espéré. Je l'embrassai pendant des secondes, des minutes, des heures, de toutes les manières auxquelles je pus penser. Je plantai mes lèvres sur les siennes et refusai de les bouger alors que le vent passait sur nous et qu'une odeur de cannelle envahissait l'air. Voilà, *ça*, c'était un baiser. Chaque sens concerné, chaque contact magnifié par l'énergie entre nous. Un baiser sur lequel finir, pour se remémorer tous les souvenirs. Un dernier baiser absolument parfait.

Alors que la langue de Kingston jouait avec la mienne et que son grognement devenait la seule chose que j'entendais, tout ce que j'avais toujours pensé des baisers et de l'attirance dans la vie explosa autour de moi et se replaça dans une nouvelle forme de vérité dont je ne connaissais pas l'existence. Cet homme, je pouvais me concentrer dessus. Cet homme, je pouvais lui accorder toute mon attention. Si j'avais été une métamorphe et qu'il n'avait pas été un dragon, j'aurais dit que les destinées nous avaient mis ensemble intentionnellement.

Mais j'étais une humaine.

Et son espèce n'avait pas de compagnons prédestinés.

Ce qui signifiait, avant même que je fasse un tour sur le petit dragon de Kingston, que j'étais complètement et totalement foutue.

En espérant que ça en valait la peine.

CHAPITRE 5

GINGER

Les dragons-garous étaient doux et épicés comme une friandise à la cannelle.

Je devais le savoir. J'avais embrassé Kingston pendant des heures, debout, assise sur ses cuisses, couchée dans l'herbe. Les baisers étaient devenus passionnés et puissants, puis plus rapides. Ensuite, ce furent de grands coups de langue, puis retour à la case départ. Ils avaient été profonds et ils avaient été nos lèvres s'effleurant seulement. Embrasser Kingston était devenu ma vie, mon monde, mon seul plaisir. Pas ses mains quand elles glissaient sur moi ni la façon dont ses hanches basculaient dans les miennes à son rythme. Non… simplement l'embrasser. Je n'en avais pas assez. Et cet arôme de pâtisserie à la cannelle ajoutait forcément quelque chose à ce moment.

Pourtant, connaître le goût de Kingston n'expliquait pas mon obsession. Pas entièrement. Même si j'aimais l'embrasser – et, soyons honnêtes, personne ne voudrait passer des heures à faire des préliminaires de bouche sans en adorer chaque seconde –, je devais arrêter. Je devais retrouver ma respiration et réfléchir, mais quand je retirai mes lèvres des siennes, Kingston s'occupa directement d'autres parties de mon corps. Dragon coquin.

— Oh, ma douce Ginger, murmura-t-il en laissant un chemin de picotement dans mon cou.

Je gémis et inclinai la tête en arrière pour lui libérer la place. Frissonnant au contact de sa langue dans mon cou. J'avais l'impression qu'il avait plus de dextérité dans ce muscle en particulier que les hommes humains. Il me semblait aussi que j'allais beaucoup l'apprécier s'il descendait encore le long de mon corps.

Peut-être que l'interrompre n'était pas une si bonne idée, après tout.

— Kingston.

Je hoquetai quand il me plaqua contre le sol de pierre avant de mordre ma clavicule et de monter sur moi.

— Je suis là, ma belle. Je suis là.

Et il était… bien là. Et je veux dire, *bien là*. J'ignorais comment il s'était glissé entre mes cuisses, foutue magie de dragon, mais il avait réussi. Je pouvais le sentir. Sentir son petit dragon qui, d'évidence, n'était pas si petit. Je pouvais deviner combien il me désirait. Et j'adorais ça. J'étais prête à plus que l'embrasser. Tellement prête.

Kingston me lécha le cou, sifflant et grognant à chaque fois qu'il me goûtait. Me mordant doucement en se pressant contre moi. Tellement bon. Tout ce qu'il entreprenait était tellement bon, chacun de ses bruits faisait monter la chaleur en moi. Je brûlais vivante pour lui, sensation que je n'avais jamais éprouvée. J'avais envie de m'y noyer. Je voulais…

Il mordit mon téton.

Par-dessus ma chemise, sans prévenir, sans douceur. Il mordit mon téton fort, me tirant un hoquet, me soulevant du sol et remontant mon corps contre le sien.

Plus tard. Je pouvais me noyer dans les émotions plus tard.

— J'en connais une qui aime quand c'est un peu brutal, murmura Kingston, respirant fort d'un souffle chaud au-dessus de mon téton comme pour augmenter la piqûre qu'il avait faite. Ne t'inquiète pas, Salamèche. J'apprendrai tes envies. Je te donnerai simplement ce que tu veux.

Juste à cet instant, j'avais encore plus besoin de lui. Partout. J'attrapai ses cheveux et le fit longer mon corps, avec la nécessité d'avoir son goût sur ma langue. D'avoir mes lèvres sur les siennes en me pressant contre lui. En nous donnant un aperçu de ce qui suivrait en contorsionnant nos corps. Le goût de sa langue, la pression de sa bouche sur la mienne, c'était une drogue dont je ne pouvais me sevrer. Que je n'arrêterais jamais de consommer… sauf s'il m'en privait. Une pensée triste, que je repoussai au fond de mon esprit. Tant pis si j'y perdais tout. Ça en vaudrait la peine. Kingston en vaudrait la peine. Je pouvais déjà l'affirmer.

— J'ai envie de toi.

Je hoquetai, surmontant le désir qui déferlait en moi. Je n'avais jamais pris les devants, mais Kingston fit sortir cette partie de moi. Du baiser à ça, j'avais tout entrepris moi-même. Je le pressai contre moi, utilisant la chaleur de son corps pour brûler les pensées qui pouvaient me distraire. Pour me perdre en lui. Il remuait ses lèvres à une vitesse idéale qui induisit des frissons dans ma colonne vertébrale, rendant plus facile le fait de ne pas penser.

— J'ai envie de toi, Kingston. S'il te plaît.

Son grognement me secoua jusqu'aux orteils.

— C'est un consentement, ma belle ? Parce que j'en ai besoin. Je ne peux te forcer à rien.

— Ta façon de me regarder, c'est déjà me forcer.

J'affichai un rictus quand il rit, charmée par la force entre nous. La manière dont nous nous correspondions. Le confort qu'il me donnait. C'était réel. Tellement réel.

— Tu dois être sûre. Ma magie de dragon peut te mener sur un chemin que tu ne veux pas suivre. C'est pourquoi il me faut…

Kingston arrêta de bouger, de m'embrasser, de me lécher, de se frotter à moi pour m'observer avec, sur son visage, l'expression la plus intense que j'avais jamais vue. J'étais en mesure de *sentir* le poids de son regard, le désir dans ses yeux. Je perçus tout entre nous, et la pression de tout cela, la solidité, me coupa la respiration.

— De quoi as-tu besoin ? demandai-je, de l'air dans ma voix basse.

Un souffle de son, pour ne pas casser la magie de l'instant.

— N'importe quoi. Je te le donnerai.

Ses lèvres s'avancèrent.

— J'ai besoin de toi. De ça. De ma queue en toi. De ton corps enroulé contre le mien. De ton goût sur ma langue et de tes cuisses autour de mes oreilles pendant que je mange ton sexe. J'ai besoin de m'enterrer dans ta chaleur et de venir en toi. J'ai besoin de t'entendre crier mon nom pendant que tu me vides. J'ai besoin de ça, Salamèche. Mais ce dont j'ai besoin ne compte pas ; ce que tu *veux* importe. Donne-moi ton consentement pour tout ça ou une partie seulement, pour des baisers et des caresses ou un rapport entier. Tout ce que tu souhaites, je te l'offrirai. Tout ce que tu ne veux pas sera effacé.

Mon choix. Ma décision. Mes mots étaient capables d'arrêter cela ou de me précipiter du haut de la falaise. De me jeter sur le sol dur en dessous et de me laisser détruite de l'intérieur quand il partirait. Mes paroles pouvaient être un bouclier derrière lequel me cacher, ou la clé de ma liberté, ne fût-ce que pour un instant.

Je choisirai toujours ma liberté.

— Toi. Je te veux, toi, tout entier.

— Est-ce un consentement, ma belle ? insista Kingston, son corps entier rigide contre le mien, un ronronnement profond dans ses mots. Je te donnerai chaque part de moi sans hésiter, sera-ce réciproque ? Es-tu en train de dire que tu es à moi tout entière ?

Tout entière. Chaque centimètre. Chaque partie… même celles qu'il pouvait casser. Pour une nuit, je me donnerai à quelqu'un d'autre. Seulement une.

— Oui. Moi tout entière.

— Merci, les destinées.

Kingston se précipita, prenant ma bouche dans un baiser si chaud, si fort et si beau que j'en jouis presque. Mais il n'en avait pas fini avec moi, loin de là. Sans un mot, il me déposa et glissa sur toute la longueur de mon corps, caressant les os de mes hanches en baissant ma jupe, grognant contre mon sexe en écartant mes cuisses avec ses épaules.

— J'avais envie de te goûter depuis que je t'ai vue à la pâtisserie pour la première fois. Je voulais que ton goût enrobe ma langue pendant que je lécherais ton sexe parfait.

Mais il s'abstint. Il attendit, me regardant avec une expression extasiée, l'air si perdu dans ses pensées que je crus qu'il me laisserait comme ça. Qu'il s'était assez amusé pour s'interrompre. Ça n'allait pas se passer comme ça.

— Alors… vas-y.

— Tu as du mal avec cette histoire de consentement, dit-il, puis il arrêta de parler et commença à lécher.

À sucer. À frotter sa langue sur moi. À enrouler ses lèvres autour de mon clitoris et à me pousser à me courber contre son corps alors qu'un feu rugissait sous ma peau. Cet homme était bon ; vraiment, vraiment bon. Il m'obligea à me frotter à son visage et à danser sur ses doigts en peu de temps, me fit supplier pour en avoir plus et m'accrocher à ses cheveux pour obtenir un effet de levier. Une fille pouvait s'habituer à être vénérée ainsi.

Elle ne devait pas. Mais elle en était capable.

Écartant les pensées de relations inexistantes, de compagnons et de choses susceptibles de s'arrêter, je laissai mon corps prendre le contrôle. Je permis au plaisir de me lever plus haut, de grandir et de me jeter de la falaise. Je l'autorisai à atteindre le sommet quand chaque muscle se contracta et se secoua. Quand je jouis. Kingston ne cessa cependant pas. Oh non ! Il ralentit un peu, bourdonnant doucement contre ma peau comme s'il était un dragon-humain-vibromasseur. Sa main caressait toujours mon intimité, et il respirait toujours contre mon clitoris jusqu'à ce que je jouisse en criant son nom, puis il recommença. Ça ne demanda pas longtemps pour que je vienne de nouveau, que je glapisse, que je le serre et que j'essaie de le mettre en moi, mon corps demandant à être rempli. Désireux de passer à l'étape suivante. Celle qui impliquait son sexe à l'intérieur de moi.

— C'est bon, m'impatientai-je, en tirant Kingston vers le haut de mon corps une fois de plus, en entourant ses hanches avec mes jambes quand il fut assez haut. Plus. J'en veux plus.

— Plus de quoi, ma belle ?

Kingston m'embrassa doucement, partageant mon goût. Gémissant doucement avant d'ajouter :

— Dis-moi à quoi tu consens et je m'exécuterai. Je ferai tout.

Le consentement. Encore. Il me donnait le pouvoir de décider de la suite. Je ne m'attendais pas à ça. Surtout de la part d'un dragon. Mais j'aimais ça. Beaucoup.

— Et si je déclarais que j'avais envie de t'enlever tous tes vêtements ?

— C'est ce que tu veux ?

Bah.

— Oui.

L'homme se mit debout, tout en grâce animale et plein de danger, afin de quitter ses vêtements. Nu. Il était si beau, dans son plus simple appareil.

— Et maintenant ?

Cela me prit trop de temps de répondre, distraite que j'étais par sa nudité.

— Reviens ici.

Il coucha son corps sur le mien, nous soupirâmes quand les chaleurs de nos deux corps se mêlèrent et augmentèrent.

— Je suis là. Que veux-tu que je fasse ?

Oh ! il m'inciterait à le demander. Mais pas encore. J'aimais l'idée de le chauffer à ce point.

— Embrasse-moi.

Les mots n'étaient pas sortis que ses lèvres étaient sur les miennes, que sa langue caressait la mienne. Kingston savait, d'évidence, embrasser. Pas trop mouillé ni de mouvements trop brusques ; simplement sa bouche descendant doucement sur mes lèvres, la pression profonde d'un homme qui voulait être embrassé, et le goût délicieux de la cannelle. Toujours.

— Et maintenant ? insista-t-il quand il se détacha, respirant plus fort que d'habitude.

Je ne m'en tirai pas beaucoup mieux.

— Mes seins. J'ai envie de sentir tes mains sur mes seins.

— Uniquement mes mains ?

Il en attrapa un, le pétrissant doucement en se regardant faire.

— Sois spécifique, Salamèche. Tes tétons se contenteront-ils d'un pincement de mes doigts ?

Il pinça.

Je me soulevai presque du sol.

— Ta bouche, s'il te plaît.

— Ça me fait plaisir.

Faux. Tout le plaisir était pour moi. Ses douces lèvres entourèrent le haut de mes seins. Sa langue, mouillée, chaude et si souple, lécha mon téton pendant qu'il suçait. C'était tellement, et pourtant pas assez. Mon sexe se crispa en l'air. Il avait besoin d'être rempli. Et même si j'aimais le chauffer, prolonger les choses et le faire patienter, je commençais à penser que j'étais la seule à souffrir.

Même si j'étais déjà venue.

Deux fois.

Peu importait. J'étais gourmande.

— Kingston, dis-je en hoquetant quand il mordit – *vraiment* – mon téton. Maintenant. J'en veux plus… Maintenant.

— Plus de quoi ? J'ai besoin de mots, Salamèche.

J'aimerais pouvoir prétendre que l'utilisation de mon surnom me fit recouvrer mes esprits et tout arrêter. Mais ce serait mentir. Cela ne changea rien. En réalité, j'aimais un peu.

La magie des dragons n'était pas une blague.

— Allez, ma douce.

Kingston bougea ses lèvres contre les miennes, me donnant envie avec son membre dur entre mes cuisses. Se frottant contre l'endroit où j'étais si mouillée pour lui, si enflé et demandeur.

— Dis-le et elle est à toi. Il n'est même pas nécessaire de réclamer. Dis-le seulement. Consens à moi, et je te donne tout.

Pourquoi refuser ?

— Je te veux en moi.

— Quelle partie de moi ?

Kingston glissa une main entre nous, caressant mon clitoris avec son doigt avant de la remettre en place. Préparant mon entrée en quelque sorte.

— Mon doigt ? Ma main ? Ou mon sexe ?

— Kingston, gémis-je, en essayant de me frotter contre sa main démoniaque.

— C'est amusant, mon amour. Te pousser à demander ce que tu désires, gagner ton consentement à chaque pas en avant. Amusant et nécessaire. Alors, explique-moi ce que tu souhaites. Quelle partie de moi veux-tu dans ce sexe parfaitement rose ? Mon doigt ?

Il enroula une articulation autour de mon clitoris.

— Ma main ?

Il s'écarta un instant avant que sa main revienne plus fort que je ne m'y attendais, touchant, de haut en bas, la zone la plus sensible. Lui assénant de petits coups et me donnant un petit orgasme sans effort.

— Oh, tu aimes ça ! Mais il y a une autre option. Si tu le sollicites, je peux tout t'offrir. Mon sexe enfoui si profondément en toi, te remplissant de la manière que tu revendiques.

Il fit glisser le haut de son sexe contre le mien, le trempant, caressant mon intimité.

— Quelle partie de moi veux-tu ?

Comme si je pouvais réfléchir avec lui *à cet endroit*.

— Tout le haut ?

Il rit.

— Gourmande.

Je vous l'avais dit.

— Gardons-en pour plus tard. Pour l'instant, je désire ça.

Je mis ma main entre nous pour me saisir de son petit dragon, le serrant et coulissant mon poing de haut en bas sur toute sa longueur.

— Est-ce que je peux avoir ça, s'il te plaît ?

— Tu es une si gentille fille.

Il décala ma main et contorsionna son corps de manière à faire glisser le bout de son membre sur mon clitoris.

— Je te donnerai tout ce que tu souhaites, surtout puisque tu as demandé si gentiment.

— Et si je ne l'avais pas fait ?

Il s'arrêta, fronçant les sourcils.

— Fait quoi ?

— Demandé gentiment. Tu m'aurais quand même offert ce que je voulais ?

— Oui.

Il s'insinua en moi, en me donnant plus que seulement son gland cette fois, mais sans me pénétrer vraiment.

— Mais je t'aurais obligée à travailler un peu plus pour l'avoir.

J'attrapai ses épaules quand il poussa plus loin, me remplissant doucement. Si doucement.

— Alors, je suppose que c'est une bonne chose que je sache demander gentiment.

— Laisse-moi quelques minutes, et je t'apprendrai à le crier.

Heureusement, il tint ses promesses. En quelques secondes – pas quelques minutes –, il s'était enfoncé profondément, m'avait entourée de toute son envergure et m'avait remplie d'une manière qui me fit gémir comme une star de films X. Ou en tout cas, j'imaginais. Je n'étais pas du genre à regarder du porno en général.

Bon, d'accord. J'en visionnais. Et j'aimais bien. Mais je préférais en vrai, surtout avec Kingston. Ce mec savait quoi dire pour faire monter mon moteur dans les tours.

— Bordel, Salamèche. C'est tellement parfait de t'avoir autour de mon sexe. Tu es tellement parfaite et bonne.

Vous voyez ?

Kingston poussait si fort et si loin que je glissais sur le sol rocheux, m'accrochant à ses épaules et prononçant des mots à moitié, articulant des syllabes qui n'avaient pas de sens à chaque poussée. M'agrippant à lui quand j'atteignis de nouveau le sommet, quand il me fit jouir plus fort que jamais. Quand il grogna, se courba, poussa plus loin et vint en moi. Nu. Naturel. Sans protection.

Ce n'était pas la chose la plus intelligente que j'avais accomplie, mais c'était trop bon pour arrêter.

Et après, quand nous fûmes allongés dans l'ombre, dans les bras l'un de l'autre, quand il se lova dans mes bras pour y dormir, je me prélassai dans la chaleur que provoquait l'idée de passer la nuit avec un homme. De m'endormir avec. Ce que je n'avais jamais fait auparavant. Un événement qui pouvait changer ma façon de voir les relations pour toujours.

Quelque chose qui me donnait envie de liaison à long terme, de potentialité, de couple à vie et de choses que je n'avais jamais voulues.

Avant lui.

CHAPITRE 6

KINGSTON

Ma nuit sans sommeil avait dû me rattraper, car je ne me rappelais pas avoir dit un mot à ma compagne après être venu en elle. Pas un. Rien de doux ou de mignon pour l'apaiser. Rien pour vanter la gloire de notre accouplement. Rien pour expliquer qui j'étais ou comment notre relation fonctionnerait. J'étais passé de la chaleur parfaite de son corps aux ténèbres du sommeil en un instant comme un genre de mâle humain.

Ce qui m'éveilla du repos dont j'avais grand besoin fut une vibration contre mes hanches et une sensation de chaleur qui courait sur mon sexe. Quelque chose d'humide comme une…

— Putain, Salamèche.

J'attrapai sa tête et courbai le dos quand elle me prit en bouche. *Tout* dans sa bouche. Si profonde, si chaude, si mouillée et putain de parfaite. Je ne pouvais pas résister longtemps. Ce qui signifiait seulement que je pourrais goûter son sexe doux plus rapidement.

— Oh oui ! C'est bon. Suce-moi plus fort.

C'est ce qu'elle effectua, en grognant doucement et en se mettant sur moi. Tant pis pour le sommeil. Qui en avait besoin quand j'avais une fille superbe, sexy, qui réalisait des choses si coquines ? Pas moi. Ou, du moins, m'étais-je convaincu de ça, peu importe combien mes paupières étaient lourdes ou comment mon cerveau paraissait lent. Je pouvais rester éveillé pour ça. Tout à fait.

Tout en luttant pour ne pas gâcher le moment en m'endormant et en ratant tout, je fis glisser doucement mes hanches, me frayant un chemin plus loin alors que Ginger écartait les joues et me suçait comme si sa vie en dépendait. Par les destinées, la dame donnait de bons coups de bouche. Pas trop humides, pas trop sales, et une énorme pression pour me noyer dans sa gorge. Je pouvais vivre l'éternité dans cette chaleur. Je pouvais mourir dans sa bouche sans regret. Enregistrez ça.

— Viens là, dis-je en m'accrochant à ses épaules.

Elle sortit mon sexe et lécha ses lèvres, me faisant presque venir maintenant.

— Mais je commençais seulement.

Oui, elle commençait. La petite moue sur ses lèvres me poussa presque à agréer ses désirs. Mais j'avais besoin de plus que sa bouche. Je voulais son goût.

— C'est à mon tour.

Son sourire secoua mes tripes, et sa façon sensuelle de glisser vers le haut de mon corps incita tout mon être à en prendre note. Par les destinées, elle était sexy.

— Qu'est-ce que tu avais en tête ?

— Je te veux sur mon visage.

Dès que je pus les atteindre, je l'attrapai par les hanches. La pressant sur moi. Au-dessus de ma poitrine. Plaçant ses cuisses de chaque côté de ma tête. Son rire doux parut plus nerveux que je ne l'aurais souhaité, cependant.

— Tu consens toujours ?

— Bien sûr. Enfin… j'essaierai un peu tout.

Je me figeai, mes mains autour de ses douces cuisses, l'odeur de son sexe faisant grogner ma voix plus que je ne l'aurais voulu. Ou peut-être que c'était la négligence de ses partenaires précédents.

— Tu n'as jamais chevauché le visage d'un partenaire ?

— C'est un peu personnel.

— Amuse-moi.

— D'accord.

Elle baissa la tête pour me regarder, et ses cheveux noirs tombèrent. Ses yeux noisette étaient toujours dans les miens, même quand sa poitrine et son cou rougirent. Nerveuse. Elle était nerveuse.

— Des hommes m'ont déjà goûtée, seulement…

Elle secoua la main à l'endroit où son bassin et ma figure se rencontraient.

— … Pas comme ça.

— Alors, je suis le premier.

La façon dont sa tête se pencha et dont son sourcil se leva en dit plus qu'elle n'en aurait été capable.

— Si c'est ce que tu désires.

C'était ce que je souhaitais. Vraiment. Son passé ne m'intéressait pas – j'étais content en réalité qu'elle soit une compagne active avec de la voix, car je pouvais m'assurer de lui procurer du plaisir –, mais lui donner quelque chose de nouveau paraissait être un cadeau. Une opportunité de prouver ma valeur. Et je la prouverais.

— Je ne vais pas laisser passer une chance de te faire découvrir de nouvelles pratiques, Salamèche.

Je bougeai la tête, la cherchant. Avec le besoin d'avoir son goût dans ma gorge.

— Avance-toi un peu. Je veux tout ton sexe sur moi.

Elle avança, et le rouge de sa peau vira au noir.

— C'est vraiment gênant.

— Pourquoi ? Parce que tu pourrais m'étouffer avec ton sexe si tu en avais envie ?

— Continue à m'appeler Salamèche, et je pourrais l'envisager.

— S'il te plaît, n'hésite pas. Ce serait une noble façon de mourir.

— Oh, s'il te plaît ! Comme si…

Ses mots moururent dans un son étrange au moment où je léchai son entrée d'une extrémité à l'autre. Sans la sucer, sans mes doigts, sans la pénétrer ; seulement ma langue sur sa chair chauffée. Je la goûtai. Et si j'avais donné un petit coup de langue supplémentaire en arrivant au niveau de son clitoris, eh bien ainsi soit-il. Elle le méritait.

— Tu consens toujours, ma belle ?

Ses cuisses tremblèrent.

— Oui. Toujours.

— Bien.

Je la lapai de nouveau, en mettant plus de pression. Plus de coups de langue. Plus de tout. Mes dents et mes lèvres rejoignirent ma langue quand elle commença à se laisser aller à l'expérience. Quand elle attrapa mes cheveux et bougea les hanches, chevauchant mon visage comme je le souhaitais. Comme j'en avais besoin. Comme je le désirais à en mourir.

J'accomplis bien les choses, et, quand elle vint, quand elle hurla mon nom en courbant le dos et en couvrant mon menton de son excitation, une fierté plus forte que toutes les autres m'emplit. Je l'avais fait, plaire à ma compagne avec une nouvelle expérience. Quelque chose que les autres mâles ne lui avaient pas offert. J'avais réussi.

— Oh, Kingston ! Comment tu me fais ça ? murmura-t-elle, glissant ses doigts dans mes cheveux alors que j'étais allongé sous son corps, mon ventre mouillé de ce que je venais d'accomplir avec elle. Pas d'autre stimulation que son odeur, son goût, et mon nom sur ses lèvres. Bonheur. Et j'étais le chanceux qui aurait cette femme pour toujours.

Je voulais tant lui dire, lui donner mon passé et mes prévisions, l'héritage de mon espèce et comment cela fonctionnerait avec la sienne. Je voulais la tenir dans mes bras et lui parler alors que la nuit passait, mais je n'avais pas assez dormi. Je réussis à l'étreindre et à me mettre sur elle. À l'enrouler dans mes bras et à la serrer contre moi avant que la fatigue devienne trop forte pour y résister et que je sombre dans un profond sommeil. Ma compagne à mes côtés. Là où elle devait être.

Nous pourrions parler le lendemain matin.

GINGER

Dormir dehors avec les insectes, les bruits et toutes les choses qui pouvaient mal aller n'était, en général, pas mon truc, mais avec Kingston, j'en écrasai profondément. Je rêvai beaucoup, aussi. Des rêves vifs et tourbillonnants d'animaux courant dans les forêts et plongeant dans les courants. De loups chassant dans la lumière du début de soirée. D'une bête solitaire assise dans une clairière et hurlant à la lune, ses oreilles pointues en l'air et sa fourrure douce et dérangée. Très bon, vraiment. Tous les animaux voudraient le dévorer. Ils voudraient manger le glaçage sur…

— Merde !

Je me redressai en un instant au moment où le soleil sortait du haut des montagnes, émergeant d'un sommeil profond avec une seule pensée en tête.

— J'ai oublié de livrer le gâteau.

Heureusement, Kingston ne se réveilla pas à mon sursaut. C'était ce dont j'avais besoin. Bien sûr, ça aurait été plus facile de le secouer pour le réveiller et lui demander de me ramener chez moi. Il m'aurait probablement embrassée, aurait changé de forme et m'aurait conduite en bas de la montagne. Mais l'idée de la façon dont ça se terminerait, de la gêne des au revoir après une si magnifique nuit, me fit éviter cette option. Il valait mieux pour nous deux que je m'en aille. Pas de dispute, pas d'excuses. Les dragons n'avaient pas de compagnons comme les autres métamorphes, alors ce n'était que pour la nuit. Une belle et glorieuse nuit dont je me souviendrais longtemps après que Kingston aurait quitté la baie.

Peut-être pour toujours.

Et n'était-il pas un abruti de me pousser à en vouloir plus ?

Je ne pouvais pas être aussi accaparante cependant. Être la femme qui refusait de laisser partir l'homme qui avait annoncé clairement qu'il ne souhaitait rien de sérieux. J'avais ma fierté à protéger et mes règles à suivre : une fois, c'est bien. Pas d'engagement, pas de long terme, pas de complications. Ma tête en savait trop pour s'empêtrer dans un désir de « ils vécurent heureux et eurent beaucoup d'enfants » seulement à cause d'une bonne queue.

Mon cœur… eh bien, j'étais presque sûre de l'avoir déjà foutu en l'air en passant ne serait-ce qu'un moment avec le dragon nu autour de moi. Il l'avait pulvérisé avec ses sourires démoniaques, ses mots doux, ses yeux bleu glace sexy et la façon qu'il avait de demander mon consentement à chaque étape. Il m'avait détruite de la meilleure manière avec bien plus que seulement un rapport agréable. J'aimais son attitude et ses manières irritantes. J'avais envie de l'entendre m'appeler Salamèche, même si ça me rendait folle. Je voulais… beaucoup de choses que je ne pouvais simplement pas avoir.

Je comptai jusqu'à vingt le temps de profiter de notre position. Je fis glisser mes doigts dans ses cheveux poivre et sel, caressai de mes mains ses épaules et ses bras musclés. J'absorbai sa chaleur et son odeur de cannelle. Je dis au revoir à la façon dont mon cœur battait si fort à cause de lui. Je le gravai dans ma mémoire pour toutes ces nuits où je serais seule et que je souhaiterais quelque chose que je n'aurais tout simplement jamais.

Dix-huit, dix-neuf, vingt. Il est temps de partir.

Kingston continuait de dormir alors que je m'arrachai de ses bras. Continuait de dormir alors que j'allais dans tous les sens pour trouver mes vêtements. Il continua même de dormir quand je prononçai son nom en cherchant par où descendre de la falaise – merci mon Dieu pour les chemins de randonnée que mes sœurs et moi avions chaque jour explorés quand nous étions enfants – et quand je regagnai la ville. Il ne remua même pas quand je le laissai sur la falaise.

Ce qui était probablement une bonne chose.

Je pouvais éviter la gêne de la fin d'une relation d'un soir, sans plus. Pas de « Je t'appellerai » ni de « On se voit bientôt », pas de mensonge simple pour que l'autre se sente mieux. Seulement moi m'échappant dans les ombres en essayant de ne pas penser à une vie dans laquelle les destinées ne contrôlaient pas les hommes comme Kingston. Dans laquelle peut-être, seulement peut-être, je pourrais baisser ma garde et m'autoriser plus qu'une nuit.

Je m'éloignai de Kingston avant qu'il parte, abandonnant une petite partie de mon cœur sur la falaise avec le dragon qui avait bouleversé mon monde.

L'abruti.

CHAPITRE 7

KINGSTON

Il y avait trois choses qu'un dragon souhaitait ne jamais vivre.

La première était d'être piégé au sol à cause d'un problème d'ailes. Nous étions des animaux aériens ; nous flottions dans les courants et les flux d'air.

La deuxième était d'avoir froid. En tant qu'animaux à sang froid, nous avions tendance à chercher la chaleur de sources extérieures. Le soleil était bien, l'eau chaude meilleure, mais la friction de deux corps se rencontrant était la meilleure option. Un manque de cela… eh bien, ça nous rendait grincheux.

Mais la troisième, la peur de tous les dragons, c'était d'être rejeté par son compagnon. Cela nous demandait du temps d'en trouver un, et nous devions passer par tellement de boucles pour nous assurer de leur consentement actif et enthousiaste tout du long que les perdre avant de finaliser l'union semblait presque horrifiant. C'était, du moins, ce que j'avais toujours supposé en écoutant les autres dragons raconter des histoires et des légendes. Je n'étais pas vraiment en mesure de le confirmer, sachant que je n'avais jamais rencontré ma compagne prédestinée.

Avant Ginger.

Je pensais que la trouver, être avec elle, la convaincre de me donner une chance de lui faire du bien serait le départ de quelque chose pour nous. Que ça ouvrirait la porte à une vraie union. Mais en me réveillant seul sur la falaise, en ayant froid, et sans compagne, sous le soleil bien trop haut dans le ciel pour un matin, je ressentis deux des trois craintes que les dragons ne voulaient pas connaître une seule fois.

Heureusement, je pouvais toujours voler.

Dès que je me fus rendu compte que Ginger était vraiment partie, et ce depuis des heures, je sautai dans mes vêtements et changeai de forme, pour fendre l'air vite et fort jusqu'à l'autre bout de la ville. Je n'avais jamais dormi aussi profondément que la nuit précédente, je ne m'étais jamais autorisé à me reposer assez pour laisser quiconque se faufiler ou m'échapper. Visiblement, combler ma compagne d'orgasmes et trouver en elle ma propre libération m'avait épuisé. Ou peut-être que le fait de ne pas dormir la nuit d'avant pour garder sa maison m'avait rattrapé. Quoi qu'il en soit, ce n'était pas le moment. J'aurais bien aimé me réveiller avec sa bouche sur mon sexe de nouveau, mais elle avait filé... pour des raisons que je ne pouvais comprendre. Cela devait être corrigé. Je ne lui avais pas encore expliqué notre union, je ne l'avais pas piquée, je ne l'avais pas réclamée. Je devais mettre la main dessus et la convaincre de rester avec moi. Pour toujours.

Ensuite, je lui donnerais une belle et forte fessée sur son petit derrière effronté pour m'avoir laissé sans dire au revoir.

J'allai d'abord chez elle, me transformant en arrivant et courant jusqu'au porche d'entrée.

— Ginger.

Je tapai sur la porte, criant son nom plusieurs fois. Une perte de temps visiblement. Pas de réponse. Rien dans la maison n'indiquait qu'elle y était. Cependant, je frappai plus fort et plus longtemps. Simplement au cas où.

— Eh ! lança un homme sortant de la demeure à côté et me regardant. Y a un problème ?

Je n'avais pas le temps de discuter.

— Vous connaissez Ginger Chance ? Je la cherche.

— Oui, je la connais. Vous êtes sûr que c'est votre cas ?

Protecteur. C'était la seule façon de décrire la posture et le ton de cet homme. Il protégeait Ginger de moi, une pensée amusante. Étant son compagnon, elle était plus en sécurité avec moi. Mais ce gars, ce lion-garou d'après son odeur, pensait apparemment savoir mieux que moi ce dont elle avait besoin. Mignon.

Et irritant.

— Je suis presque sûr de la connaître mieux que vous, considérant que je suis son compagnon. Vous l'avez vue aujourd'hui ou pas ?

— Ginger est votre compagne ?

Il s'esclaffa.

— Qu'avez-vous fait pour énerver les destinées à ce point ?

Mon grognement arrêta son rire.

— L'avez-vous aperçue ?

— Non, mec. Pas aujourd'hui. Vous devriez peut-être essayer la pâtisserie où elle bosse.

Bien sûr.

— Merci.

Je me changeai sur place et partis dans les airs, ignorant le soupir surpris du lion. *Eh oui, abruti. Ginger a pour compagnon un dragon.*

Mais seulement si elle m'acceptait.

Je volai en direction de la pâtisserie, volant au-dessus des immeubles et plongeant en dessous. Je n'avais pas senti Ginger, n'avais pas retrouvé son odeur piquante dans l'atmosphère, mais cela ne m'empêcha pas de passer la porte. C'est une femme qui m'en empêcha. Une petite dame silencieuse que je reconnus comme étant une des sœurs de Ginger, sortant du bâtiment quand je m'apprêtais à y entrer.

Pratique.

— Où est-elle ?

La fille, Madeleine, si je me rappelais bien, cria et se retourna, tombant presque contre la benne. Avant que je puisse lui offrir ma main pour la rattraper, la porte de derrière s'ouvrit en trombe et un homme courut entre nous. Un homme que j'identifiai.

— Jericho…

— Éloigne-toi d'elle.

Je me figeai, observant Madeleine puis Jericho et inversement. Me rendant compte des événements probablement plus vite que lui. Son grognement et sa posture protectrice me disaient tout ce que je devais savoir ; il avait trouvé sa compagne. Et ce n'était pas une ourse.

Mais c'étaient ses affaires ; j'avais ma bataille à mener contre les destinées. Alors, je levai les mains, et m'éloignai d'un pas en arrière de Madeleine.

— Je n'avais pas l'intention de faire de mal à ta compagne. Je cherche seulement la mienne.

— Je ne suis pas sa compagne, protesta Madeleine, l'air beaucoup plus en colère que je ne m'y attendais.

Et elle se trompait, en plus.

Jericho souffla, un son misérable comme j'en avais peu entendu.

— De quoi as-tu besoin, Kingston ?

— Ginger. Où est-elle ?

— Pourquoi ? demanda Madeleine.

L'honnêteté semblait être la meilleure stratégie avec cette fille.

— C'est ma petite amie.

Son visage tomba, sa contenance se chiffonna devant mes yeux.

— Oh !

Ce fut tout. Rien de plus. Et pourtant, elle venait de me montrer une image de destruction complète et profonde. Jamais une seule syllabe n'avait contenu autant de douleur.

— Je suis désolée. J'ignore…

— Elle va bien, dit Jericho en se mettant entre moi et la fille de nouveau. Ginger n'est pas là. Tu devrais partir.

— Pas sans rien. Je veux savoir où elle est. J'ai besoin de savoir qu'elle va bien.

Jericho plissa le nez, un mouvement étrange pour un grand homme comme lui, et baissa les yeux vers Madeleine.

— Qu'est-ce que tu en penses ?

Madeleine souffla un rire qui semblait sarcastique avant de considérer Jericho avec les yeux les plus tristes que pouvait connaître l'homme… ou la bête.

— Quand c'est à propos de Ginger, mon avis t'importe ?

— C'est méchant…

— Ginger n'est pas là et ne viendra pas, annonça-t-elle, en passant complètement devant l'ours-garou devant elle. J'ignore où elle est, mais elle et Coco étaient toutes les deux absentes aujourd'hui. Mais je sais que Ginger sera à une fête ce soir. L'enterrement de vie de jeune fille de Fiona. C'est au Metro Club.

Une fête. Elle était partie sans me dire au revoir et allait à *une fête* au Metro Club – un endroit où les célibataires buvaient et dansaient les uns sur les autres. Où on couchait dans les toilettes, dans les coins sombres et sur la piste de danse. Et Ginger y serait ce soir. Sans moi.

J'avais envie de lui en vouloir, de faire rugir mes sentiments blessés dans toute la ville et de brûler des choses avec ma rage, mais je ne pouvais pas. Je n'avais pas été clair, je ne lui avais pas donné assez de raisons de rester avec moi. Je ne l'avais pas assez gâtée pour la garder. J'avais eu son consentement pour le sexe, mais pas pour l'union.

Je souhaitais changer tout cela.

Ce soir.

Une fois la décision prise, je hochai la tête en direction de sa sœur.

— Merci.

Madeleine haussa les épaules.

— Ma sœur mérite d'être heureuse.

— Vous aussi.

Elle afficha de nouveau un genre de sourire triste.

— C'est vrai. Et je prévois d'arrêter ce qui m'en empêche.

Elle nous poussa, Jericho et moi, pour passer, se dirigeant vers une petite voiture rouge au fond du parking.

— Amusez-vous, les gars. J'ai des affaires à conclure.

Nous la regardâmes s'en aller. Moi, inquiet et anxieux, voulant partir, mais incapable de bouger ; Jericho, tendu et l'air prêt à se battre.

— De quel genre d'affaires crois-tu qu'elle parlait ? demanda-t-il finalement, toujours sans quitter des yeux sa voiture qui disparaissait derrière le bâtiment.

— Peut-être que son compagnon devrait déjà le savoir.

— Je ne suis pas son compagnon.

Faux.

— J'aurais pu m'y tromper.

Il soupira, rencontrant enfin mon regard. Il avait l'air pensif et circonspect.

— Je la connais depuis l'époque des couches-culottes.

Quelle idée de s'inquiéter d'une chose aussi stupide.

— Elle n'en porte plus maintenant.

— Comme si je l'ignorais, grogna-t-il, en passant sa main dans ses cheveux quand il commença à faire les cent pas. Je sais très bien qu'elle n'en porte plus. J'en avais conscience avant même qu'elle ait fini le lycée, quand je me sentais comme un vieil homme vicieux en la contemplant.

Il soupira de nouveau.

— Je me sens toujours comme un vieil homme vicieux.

— J'ai peut-être cent ans de plus que ma compagne, et c'est toi qui te sens comme un vieux pervers.

Je mis la main sur sa grosse épaule.

— J'adorerais rester et te montrer à quel point tu es stupide, mais je dois chercher ma compagne.

— Comment as-tu perdu sa trace ?

— Je me suis assoupi.

Il grogna.

— C'est bien de dormir.

— Avoir une compagne est encore mieux.

Je changeai de forme et partis avant qu'il puisse répondre, m'élançant dans les cieux de Kinship Cove pour continuer de surveiller si ma compagne décidait de se montrer.

Sinon, j'irais au Metro Club ce soir.

CHAPITRE 8

GINGER

— Fais monter ton cul de grincheuse dans cette voiture, cria Fiona en sortant la tête du toit ouvrant de la limousine.

— Oui, ouais, j'arrive.

Je mis le dernier plateau de gâteaux dans le coffre et fermai ce dernier avant de courir verrouiller la porte arrière de la pâtisserie. Le soleil était bien plus qu'« en train de se coucher », et la boutique était fermée depuis deux heures déjà. Coco et Madeleine étaient probablement chez elles. Mes sœurs m'avaient manqué pendant que je séchais le travail. J'avais besoin de leur parler de Kingston et de ce qui s'était déroulé la veille. De toutes les raisons pour lesquelles je sentais que ma poitrine était oppressée aujourd'hui.

Mais je leur avais envoyé un message pour les prévenir que je ne serais pas là et j'avais, à la place, passé la journée avec

Fiona et ses amies à l'hôtel, pensant qu'un changement de décor éclairerait un peu mon esprit.

Cela ne résolut rien. Au contraire, il y avait plus de bazar dans mon cerveau que depuis le début de la journée. Fichu cerveau. Fichu cœur. Fichue moi, qui laissais l'un prendre le contrôle de l'autre.

— Dépêche-toi, humaine. On a des hommes à draguer.

Idée nulle de penser qu'un enterrement de vie de jeune fille était ce dont j'avais besoin après avoir eu le meilleur coup de ma vie puis d'avoir ignoré le gars qui en était à l'origine. Seigneur, donnez-moi la force de ne frapper personne ce soir.

— C'est bon, dis-je en me glissant une fois de plus sur le siège arrière, un sourire aux lèvres pour cacher mon humeur. Les gâteaux alcoolisés sont prêts.

— C'est quoi alors, ceux que tu préparais à l'hôtel ? s'étonna Fiona en tapant sur la fenêtre pour signaler au chauffeur que nous étions prêtes à repartir. Je croyais que c'étaient ceux-là qui étaient alcoolisés.

Si j'avais pu, j'aurais rougi. Pas à cause de la tension d'avoir cuisiné. En effet, j'avais passé une grande partie de la journée à me cacher dans la cuisine de l'hôtel. Et à penser. Et aussi à fuir ma vie. Non, ce n'est pas ce qui fit monter la chaleur à mes joues. Je savais ce que j'avais *vraiment* confectionné. Et pourquoi.

— Pas d'alcool ; seulement des épices. De la cannelle surtout. C'étaient des gâteaux à la cannelle et au gingembre fourrés à la compote de pommes avec du glaçage à la crème au beurre au caramel.

Fiona me regarda au moins dix secondes avant de dire doucement :

— Ça a l'air délicieux.

Oui. Ils l'étaient. Et je ne pourrais sûrement plus jamais manger ou boire cet arôme épicé sans qu'un gouffre de désespoir s'ouvre dans mes tripes. Merci, Kingston.

Je haussai les épaules, refusant d'admettre mon obsession ridicule pour la cannelle qui avait finalement écarté mes distractions et m'avait offert quelque chose de nouveau et d'excitant à ajouter au menu de la pâtisserie. Ou mon obsession pour l'homme qui m'en avait donné l'inspiration.

— Les pâtisseries, c'est bon, mais la liqueur, c'est meilleur. Allons au club.

— Parfait, ronronna presque Cléo, une des amies de Fiona.

Cette fille avait ce quelque chose sexy en elle des gros chats-garous. Elle aurait même pu être un tigre-garou pour moi.

— J'ai hâte d'arriver sur la piste de danse.

Fiona et les six autres filles acquiescèrent et commencèrent à parler des musiques sur lesquelles elles voulaient bouger leurs fesses. Moi ? Je restais dans mon coin avec ma tristesse. Si je n'avais pas promis à Fiona de venir à sa fête, et si je ne l'avais pas utilisée comme une excuse pour éviter de ressasser mes sentiments pour Kingston toute la journée, je serais simplement rentrée chez moi. Je n'avais envie ni de danser ni de boire, je préférais me vautrer dans mon lit.

J'avais passé la journée avec elles, à préparer ma coiffure et mon maquillage, et à boire des mimosas jusqu'à avoir la langue douloureuse à cause de l'acidité. Les seules pauses que je m'étais accordées, dans la cuisine au sous-sol, avaient pour but d'essayer avec ferveur de trouver l'arôme parfait, et de me distraire de toutes les pensées et de tous les sentiments qui m'envahissaient. Toutes les choses à propos de Kingston qui ne me laissaient pas tranquille. Sa douceur, sa bouche coquine, sa façon de me prendre avec passion, son refus de faire ce à quoi je ne consentais pas. Son goût de pâtisserie à la cannelle, sa façon de brûler en moi. Tout ; j'aimais tout cela.

Mais l'amour n'était pas mon truc. Ce n'était pas ce dont j'avais besoin ni ce que je voulais. Surtout pas avec un dragon-garou. Ils n'étaient pas fiables. C'est ce que j'avais toujours entendu. La seule espèce de métamorphes à ne pas avoir de vrais compagnons, ou à ne pas se contenter d'un seul. Rien de tout ça n'aurait dû me déranger. J'aimais moi-même les relations d'une nuit. Éventuellement deux s'il y avait une bonne alchimie. Je pensais plus à « une fois, c'est bien » qu'au long terme.

Mais Kingston m'avait incitée à envisager le long terme, ce qui ne pouvait pas arriver, car il ne vivait pas ce genre de relations.

N'était-ce pas mon karma qui se retournait contre moi ? L'arroseur arrosé. Bien joué, destinées. Bien joué.

Me sentant tout à fait désorientée et en perte d'équilibre intérieur, je sortis mon téléphone pour envoyer un message à la personne qui était en mesure de me comprendre.

Moi : *Alors, ce loup ?*

Coco : *Transpirant.*

Moi : *Est-ce que j'ai envie de savoir ?*

Coco : *Oui, mais je ne te dirai rien.*

Coco : *Qu'est-ce qui ne va pas ?*

Moi : *Pourquoi quelque chose n'irait pas ?*

Coco : *Parce que tu m'envoies un message. Et que tu as oublié de livrer le gâteau du marié. Merci pour ça, d'ailleurs.*

Moi : *Oui, désolée. J'avais des problèmes de mec.*

Coco : *De mec ou de dragon ?*

Comment pouvait-elle être au courant ?

Coco : *Misty t'a balancée, si tu cherches à savoir comment je sais.*

Et maintenant, elle lisait dans mes pensées. Magnifique.

Moi : *Vous conspirez contre moi ?*

Coco : *Bien sûr. Ça va ?*

Moi : *Oui. Je commence simplement la soirée en me sentant bancale.*

Coco : *Appelle ton dragon.*

Moi : *Certainement pas.*

Coco : *Misty pense que c'est ton compagnon.*

Moi : *Les dragons n'ont pas de compagnons prédestinés.*

Coco : *Ça pourrait être une rumeur. Comme quand on croyait que les ours-garous hibernaient tout l'hiver.*

Moi : *Oncle Jericho dort vingt heures par jour en hiver.*

Coco : *C'est vrai, mais il n'hiberne pas. C'est seulement... un trouble affectif saisonnier ou quelque chose comme ça.*

Moi : *Je ne pense pas qu'il y ait une vraie différence.*

Coco : *Bon. Mauvais exemple. Pourquoi ne pas chercher à découvrir ce que ton dragon veut avant de le virer ? Demande-lui.*

Bien sûr.

Moi : *Je crois que je vais plutôt me masturber jusqu'à atteindre le bonheur.*

Coco : *C'est imagé.*

Moi : *Ouaip.*

Coco : *Très bien. Ne fais rien. Je m'en fiche.*

Elle ne s'en fichait pas. Sinon, elle n'aurait pas écrit ça.

Moi : *Je t'aime. Désolée d'avoir oublié de livrer le gâteau. Tout se passe bien ?*

Coco : *Maintenant, oui. Pour livrer le gâteau ? Pas tellement.*

Moi : *Désolée. Je me suis un peu envolée... littéralement.*

Coco : Ça a l'air sympa. Tu vas devoir me raconter ça.

Moi : On organise un dîner cette semaine ? Toutes les trois. Ça fait longtemps.

Coco : D'accord pour moi. J'en parle à Maddie.

Toujours la sœur responsable.

Moi : C'est bien. J'arrive au club, je dois y aller.

Coco : Sois prudente.

Moi : Occupe-toi de ton loup.

Coco : C'est ce que je ferais si tu ne nous interrompais pas.

Moi : Sale gosse.

Coco : Râleuse.

Coco : Maintenant, arrête de m'écrire. Je suis occupée à être nue.

Moi : Merci pour l'image. Je vais danser pour écarter ma frustration. Habillée.

Coco : Qu'est-ce qu'il y a de drôle à ça ?

— Tu es prête ?

Je levai les yeux de mon téléphone et rencontrai le regard inquiet de Fiona. Ce n'était pas bien. La mariée ne devait pas s'inquiéter pour moi ou ma vie amoureuse inexistante. C'était le moment d'afficher un sourire, d'être une vraie femme et de secouer mon derrière sur la piste de danse. Même si je me sentais comme si mon cœur avait été déchiré en morceaux. C'était ce qu'on appelle « un pour tous ». Le « tous » étant une louve-garou très sexy et pleine de réussite qui avait un compagnon qui ne la méritait pas du tout.

— Absolument, dis-je, en utilisant chaque parcelle d'excitation que je pouvais tirer de moi pour garder un rictus brillant et toute mon énergie. Allons célébrer ta dernière nuit de célibataire.

— C'est fini depuis longtemps, mon amie. À la seconde où les destinées nous ont mis ensemble, j'étais déjà partie.

Et... mon sourire disparut. Heureusement, Fiona ne le remarqua pas. Elle rentra avec Cleo et quelques autres, en me laissant m'occuper avec deux filles des gâteaux. Je n'essayais même pas de sauver mon humeur. Les destinées, les compagnons et les métamorphes... mon Dieu. Les créatures paranormales à mes côtés avaient renversé mon monde, et je n'aimais pas ça.

— Allons, les filles, déclarai-je, en refusant de laisser mon humeur de merde gâcher un bon moment pour tout le monde. On rentre ces chariots. La première tournée est pour moi.

CHAPITRE 9

GINGER

l'histoire du monde ?

Penser que c'était un bon plan de sortir avec une bande de métamorphes bourrées.

La Ginger du passé était une idiote dans d'immenses proportions.

— Bois, Ginger. Tu dois te détendre.

Si Fiona ne s'était pas mariée le lendemain, j'aurais pu la frapper. Au lieu de cela, j'affichai un sourire maladroit.

— J'ai mangé six gâteaux. Je suis déjà bien détendue !

C'était faux, mais hors de question de lui avouer. Parfois, c'était plus facile et plus poli, de mentir. Je veux dire, aucune personne n'a envie d'entendre que la fête qu'on organise pour elle donne envie à un invité de s'arracher les yeux avec une fourchette sale. J'étais directe… pas méchante. La plupart du temps.

Fiona partit pour rejoindre la piste avec les autres filles. Une bonne chose, car mon humeur était susceptible de gagner toute la pièce comme un virus. C'était mieux de me laisser seule avec moi-même, grincheuse. Malheureusement, une femme solitaire dans un club était la cible de plus d'attention qu'escompté, et cela m'ouvrait à plus d'attaques d'une espèce moins féminine et moins désirée.

— Tu te sens mieux, ce soir ?

Un mec à l'air un peu familier s'assit à côté de moi. Il avait un genre de petit sourire arrogant qui me tapait sur les nerfs. Quelque chose que je ne pouvais pas supporter.

— On se connaît ?

— Je n'arrive pas à croire que tu ne te rappelles pas.

Il rit comme un ahuri de la télé, la tête en arrière, les mains sur la poitrine ; tout à fait exagéré et beaucoup trop fort. À peine bizarre.

Complètement bizarre.

— Pourtant, je crois bien que non. Je devrais…

Sa main sur ma cuisse m'empêcha de me lever. Et de parler. Et de penser. Qui était-il ?

— On s'est rencontrés l'autre soir. Je suis Luca.

Je crois avoir cligné des yeux, je ne pouvais rien faire d'autre. Luca ? Aucune idée. Et puis cette main devait s'en aller. Tout de suite. Je la retirai de ma jambe et me décalai, me courbant pour m'asseoir dans le coin et me piéger.

Il dut se rendre compte de ma totale incapacité à me souvenir de lui.

— Au bar. On parlait, et tu as dit que tu avais chaud et que tu voulais aller aux toilettes.

Oh, bordel ! Luca, le mec avec un nom en L, gorille-garou, qui avait traité avec Jericho. Qui pensait que tenir une pâtisserie était charmant.

J'étais toujours en colère à ce propos.

— Oui. Désolée. Il fait nuit ici.

Et tu es totalement inoubliable.

— Oui. Je comprends, mais maintenant, tu sais qui je suis. J'espérais te revoir.

Il se glissa près de moi, me regardant d'un air… bon… Vous connaissez ce sentiment ? Ce picotement dans votre cou qui vous dit, la belle bête, de vous éloigner de quelque chose d'effrayant ? Oui. C'est ce qui arriva. Il me contemplait avec beaucoup plus d'intérêt que je n'en souhaitais.

C'était l'heure de se tirer.

— Eh bien, Lu…

Lucas ? Luke ? Ludacris ? Bordel, je n'arrivais pas à me rappeler son nom. Je toussai pour masquer mon incertitude.

— Pardon. Ce doit être mes allergies. Donc ouais, c'était sympa de se revoir, mais je vais rejoindre mes amies sur la piste de danse.

— Je vais venir avec toi.

Ainsi… c'était un gars qui ne comprenait rien. Frappant. Pourtant, je n'avais pas envie de piquer une crise, et puis j'avais un troupeau de femelles qui pouvaient m'aider. Alors, je fermai ma bouche et me frayai un passage dans la foule. Luca me suivit, d'un peu trop près pour que je sois à l'aise.

— Oh, on dirait que Ginger s'est trouvé une proie, lâcha Cora, ourse-garou.

J'essayai de secouer la tête, de lui lancer un regard genre « ce mec doit partir », mais elle était déjà bien trop avancée dans le plateau de gâteaux pour saisir ce que je lui indiquais. Tant pis.

— N'êtes-vous pas mignons, tous les deux ? déclara Fiona en me poussant carrément vers Luca. Vous devriez danser.

— Oui, je ne pense pas que…

— On devrait.

Le gorille m'attrapa par les hanches et me pressa contre lui alors que les filles ricanaient, riaient bêtement et se comportaient comme des Cupidon ivres. J'allai d'un côté à l'autre, essayant de garder mon calme – et de trouver comment m'échapper – quand Luca vint se cogner contre moi. Sérieusement, qui pensait que se frotter aux fesses d'une fille sans la prévenir était excitant ? Quand était-ce devenu un truc à faire ? Je n'avais pas envie du membre à moitié dur d'un inconnu contre moi. J'ignorais où cet engin avait traîné. En plus… j'avais toujours dans l'esprit un dragon capable de nettoyer le sol avec ce gorille. Il possédait le seul phallus qui m'intéressait. Ce n'était pas comme si je l'aurais de nouveau un jour. Pas de verge pour moi. Pas de dragon non plus. Kingston, nom tout à fait inoubliable, allait probablement quitter la ville bientôt, emportant avec lui une partie de mon cœur.

Et maintenant, j'allais chanter cette vieille chanson de Janis Joplin toute la soirée. Celle qui parlait de prendre des morceaux de mon cœur. Celle dont je ne connaissais que quinze mots. Superbe.

Tentant de me concentrer sur l'instant, je m'éloignai du mec avec un prénom en L et de son sexe à moitié dur pour aller danser sur une partie plus aérée de la piste. Les bras en l'air, les yeux ouverts, dirigés vers Fiona, Cora et les autres filles qui riaient et bougeaient, je m'abandonnai à la musique. Me laissant aller à mes mouvements au rythme de la mélodie qui beuglait et des basses qui résonnaient dans l'atmosphère. C'était fort, chaud, un peu sauvage… et pas du tout ce dont j'avais besoin à ce moment. Mais j'essayai. En tout cas jusqu'à remarquer que les filles s'étaient éloignées de moi plus que je ne le voulais. Ne jamais quitter le troupeau, et tout ça. Je me dirigeai vers elles, mais Luca attrapa mon bras et me pressa contre lui.

— Où vas-tu, Ging ?

Deux petits G, bien sûr. Comme si le « er » final était trop dur à prononcer. C'était quoi le problème des hommes avec mon nom dernièrement ? Et pourquoi *Ging* me dérangeait beaucoup plus que *Salamèche* ?

Je devais vraiment rentrer.

— C'était marrant, mais j'aimerais rejoindre mes amies.

— Tu n'as pas besoin d'elles. Je suis là.

Et, mes amis, ce fut le moment où il m'attrapa. Pas comme Kingston la veille, pas pour me guider gentiment où il voulait. Non. Le gorille serra mon bras, me faisant presque voler, et m'étreignit contre lui. Tira, pressa, comprima, coinça : tous les verbes qui pouvaient expliquer l'idée d'un homme immense traînant vers sa poitrine une fille pas si immense fonctionnaient. J'en avais marre.

— C'est vraiment pas comme ça que ça fonctionne.

J'essayai de m'extraire de sa poigne de gorille, mais il me serra seulement plus fort, se frottant contre moi. Avec de nouveau son petit rictus. Ce n'était pas mon truc. Habituellement, danser avec un beau mec était amusant, normalement, regarder un couple faire l'amour à moins de cinq mètres de moi me divertissait et, généralement, j'aimais la sensualité des clubs et je me laissais aller.

Mais ce n'était pas un soir ordinaire.

Et ce mec ne jouait pas selon mes règles.

— Eh ! m'exclamai-je, en essayant encore une fois de m'échapper de ces mains qui m'attrapaient. Je crois que je dois y aller.

— Quoi ? La soirée vient seulement de commencer.

Seigneur, il aurait dû être un poulpe et pas un gorille. Qui savait que les singes géants utilisaient autant leurs mains ?

— Oui, j'ai eu une grosse journée, et je suis pas dans l'ambiance.

Son visage se ferma, ses lèvres se pincèrent.

— Tu ne vas pas encore m'échapper.

— Excuse-moi ?

S'il y avait encore du sarcasme et de l'incrédulité dans ma voix, je ne pus les trouver. Toute ma force partit dans le « cuse » de « excuse », et chaque part de mon indépendance exprimant « me dis pas ce que je dois faire » appuyait mes mots. Je n'étais pas polie, au cas où ce n'était pas clair.

— J'ai pas envie de danser avec toi, alors je m'en vais.

J'avançai de trois pas, trois pas courts, sectionnés, avant qu'une énorme main arrive sur mon épaule et que je commence à pivoter. Pas d'une bonne manière.

Pas bonne du tout.

CHAPITRE 10

KINGSTON

LE METRO LOUNGE était à la frontière de la ville, où avait été installée probablement une zone industrielle. Enfin, aussi industrielle que Kinship Cove le permettait. La rue semblait sombre et déserte, le club était situé dans un grand bâtiment qui s'apparentait à un entrepôt, et la musique était assez forte pour être entendue à trois pâtés de là.

J'allais détester cet endroit.

Mais si Ginger y était, je devais la rejoindre. Je devais la trouver, m'assurer qu'elle allait bien. Frapper ce petit cul effronté pour m'avoir abandonné si furtivement. Plus jamais. Si j'étais obligé de ne plus dormir une nuit dans ma vie seulement pour la garder près de moi, je m'y résoudrais. Ginger valait d'être debout pour veiller sur elle.

Cela ne signifiait pas que je ne la fesserais pas plus tard. J'étais sûr qu'elle aimerait ça.

Le club était aussi sombre, bruyant et excité que je l'avais imaginé. Les humains et les métamorphes occupaient tout l'espace, parlaient trop fort, buvaient trop, et marchaient tous vers moi. Mais même avec tout ça, même avec l'alcool, le parfum et le sexe – parce que, par les destinées, cet endroit sentait le sexe –, j'avais humé exactement ce que je cherchais. La cannelle.

Ginger. Je relâchai assez mon dragon pour trouver ma compagne, poussant les gens sans m'excuser en étant en quête de ma copine. Je les laissais s'énerver parce que je les avais bousculés. Je n'en avais rien à foutre s'ils n'étaient pas contents. Tout ce qui m'intéressait, tout ce que je voulais à cet instant, c'était ma compagne.

Que je repérai enfin, sur la piste de danse.

Avec le mec de l'autre soir au bar.

Et elle l'embrassait.

Mon dragon rugit dans ma tête, et un flot chaud déferla dans mes tripes. Ou, du moins, c'est ce que je ressentis. Ma compagne avec ses lèvres sur un autre homme. Ses mains attrapaient ses bras et l'attiraient plus près. Elle avait ses…

Attendez.

J'autorisai mon dragon à s'approcher encore de la surface, je lui donnai plus de contrôle pour utiliser ses sens. Quelque chose sortit de ce que je voyais. Plus que Ginger dans les bras d'un autre gars. Elle ne l'attirait pas ; elle le repoussait. Et elle ne l'embrassait absolument pas.

Une bouffée de cannelle arriva jusqu'à moi de nouveau, mon dragon écartant les autres effluves facilement. Mais cette fois, il y avait une sorte de nuance âpre dedans. Un parfum supplémentaire qui m'indiquait comment Ginger se sentait.

Effrayée. Cette odeur était celle de la peur. Ma compagne avait *peur*.

Avec un rugissement qui fit s'enfuir les autres métamorphes, je courus à travers la piste de danse, incapable de maîtriser la bête en moi, conscient que mes écailles allaient être visibles et que mes yeux se changeraient en yeux de dragons. Je n'en avais rien à foutre d'effrayer les gens sur la piste. J'espérais terrifier le type qui avait osé mettre ses mains là où elles ne devaient pas être. Où elles n'étaient pas voulues. Où aucun consentement ne leur avait permis de se poser.

Ginger s'écarta enfin de l'homme au moment où je les rejoignis. Les yeux qu'elle lui lança étaient assez froids pour écailler de la peinture. C'était mignon, mais ce n'était pas suffisant. Un regard ne ferait rien à un homme comme lui. Ce n'était pas grave ; j'allais lui affliger ce qu'il comprendrait.

Je dépassai Ginger en me contorsionnant dans tous les sens, et j'attrapai l'épaule de l'intrus. Une prise le força à se retourner, puis je le poussai. Fort. Peut-être un peu trop fort.

Dans les années cinquante, je m'étais intéressé à un sport appelé bowling. Jeter une boule sur une piste au bout de laquelle il y avait dix quilles alignées et prêtes à tomber. Et même si l'homme – un gorille-garou d'après son odeur – n'était pas vraiment une boule, et les gens qui dansaient dans la direction où je le lançai n'étaient pas des quilles, l'image fonctionna. Un bowling humain. Incroyablement satisfaisant.

— C'est quoi, ce bordel ? questionna l'homme-gorille en luttant pour se relever.

Six mètres plus loin. Si j'avais été sous ma forme de dragon, j'aurais fait danser ma queue de joie. C'était un beau lancer étant donné que je n'avais pas pratiqué le bowling depuis plusieurs décennies. Il y a des choses qui ne s'oublient pas, visiblement.

Comme le fait que cet abruti avait mis ses mains sur *ma* copine.

— Elle ne t'a pas demandé de l'embrasser, n'est-ce pas ?

La surprise sur son visage m'en dit assez, même s'il ouvrit la bouche pour faire briller sa stupidité.

— C'est une dragueuse. Elle voulait carrément, mais elle feignait le contraire.

— Oh, non ! contesta Ginger en se plaçant à côté de moi. Je ne jouais pas. Je n'en avais pas envie.

L'homme-gorille fit la moue. Et par là, j'entendais « nous lança un regard noir ».

— C'est une histoire de fou.

— Non, c'est une histoire de dragon, rétorquai-je, en m'assurant que le roulement de ma gorge envelopperait mes mots. Et si tu comptes garder tous tes organes, surtout ceux dont je suis sûr que tu es si fier, tu as intérêt à éloigner tes mains de ma compagne.

Ses yeux devinrent méchants, son visage pâlit. Oui, parfois, rappeler aux gens que tu es d'une espèce qui était élevée pour chasser et tuer pouvait être amusant. Pour moi.

— Oui, eh bien…

Je levai un sourcil et croisai les bras sur mon torse, attendant. Espérant qu'il allait dire quelque chose d'aussi stupide que la fois précédente pour que je puisse le frapper. Physiquement cette fois. Ça avait été une journée stressante ; je pouvais me relâcher.

Heureusement pour lui, l'homme-gorille s'échappa par la piste de danse au lieu de rester sur place. Problème réglé. Je soufflai, le regardant partir en luttant contre le besoin de le suivre. Pour le déchiqueter à mains nues. Lui jeter des boules de feu. Être un homme bon et essayer de rétablir une bonne opinion sur les dragons étaient de vrais freins, parfois.

— Compagne ?

En parlant de frein... Je me tournai doucement et rencontrai les yeux surpris de Ginger. Incapable de prononcer quoi que ce soit pendant une longue seconde où j'étais perdu dans ses yeux noisette. Par les destinées, elle était si belle.

— Oui. Compagne, comme « à moi ». Maintenant, tu vas m'expliquer pourquoi tu as disparu la nuit dernière, jeune fille ?

— Je n'ai pas disparu, je suis partie.

— C'est la même chose.

— Ce sont deux concepts tout à fait différents.

Ma compagne était une sale gosse.

— Je jure sur les destinées, jeune fille…

— Arrête de m'appeler *jeune fille*.

— Arrête de te comporter comme telle.

Elle me lança le même regard qu'au gorille, mais ça ne me ralentit pas. Pas plus que la vue du groupe de filles avançant vers moi. Probablement ses amies qui venaient l'aider. Dommage qu'elles n'aient pas remarqué le mec qui l'agressait sur la piste. Pas grave pourtant, je m'en étais rendu compte. Je l'avais protégée comme un compagnon le devait. Et j'en avais terminé avec le bruit et la puanteur de cet endroit.

— On doit parler, dis-je en essayant de contenir mon dragon.

Ginger, en contrepartie, semblait prête à l'éveiller.

— Tu veux discuter ? D'accord. Vas-y.

Ici, dans la mêlée, avec ses amies qui observaient. Hors de question.

— Je préférerais avoir un peu d'intimité.

— Je préférerais ne pas être brutalisée.

— Alors, ne sors pas sans personne pour garder un œil sur toi.

— Je peux prendre soin de moi.

— Je peux le faire mieux.

— Tu es un trou du cul.

— Non, je suis un dragon qui a trouvé sa raison d'être. Maintenant, comptes-tu venir me parler ailleurs que dans ce lieu de perdition ou non, ma compagne ?

Le mot *compagne* sembla retenir son attention. Elle hoqueta doucement, ses yeux s'agrandissant, ses bras croisés, alors qu'elle semblait tenter de se contrôler.

— Bien. On fait ce que tu veux.

— Tu as de la chance, je ne vais pas te prendre au mot.

— Tu veux dire qu'on ne va pas bavarder ?

— Oh, si ! Je parlais d'agir à ma guise. Parce que, pour l'instant, je veux te claquer les fesses jusqu'à ce que tu perdes la raison. Mais on verra ça plus tard.

Je mis ma main autour de ses hanches et l'emmenai, partant sous les cris et hurlements de gens qui ne savaient pas vraiment ce qui se passait. J'étais sûr que ses amies s'inquiétaient, mais je n'en avais plus rien à foutre. Elles l'avaient abandonnée, je ne ferais pas pareil.

Elle ne me rendrait pas la chose facile.

— Repose-moi.

— Non.

— Tu n'es pas là pour m'ordonner quoi que ce soit ou me… baiser.

Je lui flanquai une grosse fessée, simplement pour lui montrer que si.

— Techniquement, si. Tu as dit, ce que je voulais. Ça fait partie d'un couple. Je peux te donner des ordres et tu peux *me* donner des ordres. Surtout dans la chambre. Je te prends au mot.

— La chambre ? Comme si…

Elle grogna, et je la jetai sur mes épaules.

— Tu es un trou du cul, et je ne suis pas près de coucher avec toi de nouveau.

Avec sa tête près de mes fesses et ses pieds qui pendaient autour de mon cou, je n'avais même pas à discuter de ce point. Je devais la contrôler pour le moment. Alors, je la serrai contre moi en changeant de forme dans la ruelle, et je partis. Volant dans les cieux pour retourner à la scène de crime. Dans les montagnes. Sur notre falaise.

À un endroit calme où je pourrais la convaincre que je méritais d'être avec elle et d'avoir son attention.

Et où je pourrais lui taper les fesses un peu plus.

CHAPITRE 11

GINGER

JE SUIS UNE FEMME FORTE ET INDÉPENDANTE QUI N'A PAS BESOIN d'un homme pour me dire quoi faire. Je suis une femme forte...

Je répétais ce mantra dans ma tête, pendant qu'un homme, un homme qui me rendait folle, me faisait littéralement décoller du sol. M'élevait dans les airs. Kinship Cove était très belle, vue du ciel, la nuit. Les lumières de la ville formaient un contraste net avec la couverture sombre sous mes pieds, et les maisons qui s'étalaient vers les montagnes brillaient doucement. Kingston fendait l'air au-dessus de la cime des arbres et m'offrait un panorama superbe sur la baie et les reliefs qui l'entouraient. Magnifique, romantique, et, si je n'avais pas été enlevée par quelqu'un qui avait des écailles, un superbe rendez-vous amoureux.

Mais Kingston était sous sa forme de dragon. Et il m'avait prise à mes amies. Ces deux éléments ne s'assimilaient pas à du fabuleux, et ils contraient un peu mon mantra. Forte, indépendante… mais à la merci d'un animal mythique. Comme un genre de princesse de conte de fées. Avec une bouche vulgaire.

— Tu es un trou du cul, t'es au courant de ça ?

Je n'étais pas sûre qu'un dragon puisse rire, mais si c'était le cas, Kingston s'esclaffait. À propos de moi. *Trou du cul* était trop gentil pour lui. Malgré tout, je me tenais fermement à ses bras et me laissais aller dans la prise de ses griffes, en regardant la ville défiler en dessous. Mais à l'intérieur ? J'étais une boule de nerfs. Je n'avais jamais eu le mal des transports auparavant, mais la façon dont mon estomac tournait semblait y correspondre. Nauséeuse. Prête à vomir. Malade. Sur le point de dégueuler. Tout fonctionnait. Mais ce n'était pas à cause du vol. En réalité, je me fiais aux griffes de Kingston.

Ce en quoi je n'avais pas confiance était ma capacité à lui résister. Il m'avait appelée sa compagne. *Compagne.* Même si les dragons n'avaient pas de compagnons préprédestinés comme les autres métamorphes. Enfin, c'était ce que je croyais. La possibilité que je me sois trompée, qu'il y ait peut-être plus pour nous qu'une seule nuit, ne m'aidait pas à repousser l'impression que j'allais rendre mon déjeuner. Ou mon dîner. Ou… n'importe quoi.

Enfin, Kingston descendit vers un grand endroit dégagé sur le côté de la montagne. Un point de vue que je reconnaissais bien. D'où j'étais descendue le matin. Presque sûre que j'avais encore un petit gravillon coincé dans la fesse à cause de ce que j'avais fait sur cet à-pic la veille au soir. Le bon temps.

Qu'il ne fallait pas reproduire cependant. Non. Hors de question.

Pour l'instant.

— J'espère que tu ne penses pas me laisser là, dis-je, en jetant mon regard le plus noir à cette grosse bête effrayante.

Ayez confiance en moi, je m'étais autant entraînée que pour mon sourire.

— Tu me conduis ici, mais tu peux me ramener chez moi. La descente est un peu traîtresse, et ce ne sont pas des chaussures de randonnée que je porte.

Dorées. Talons aiguilles de quatre centimètres. À sangles. C'étaient mes préférées. Hors de question de les abîmer.

Kingston reprit sa forme humaine, chose que je n'avais jamais vue de près avec un autre métamorphe. Je le regardai passer d'énorme animal noir à un tourbillon de fumée et d'écailles jusqu'à arriver à de la peau et des vêtements. Quelques secondes. Il se transforma en quelques secondes. Je ne changeais même pas de chaussures aussi vite.

Il se tint ainsi, avec un regard noir qui fit remonter un frisson dans mon dos.

— Ces chaussures sont idéales pour se planter dans mes fesses quand je te fais l'amour, mais on y viendra.

Oh, Seigneur, j'espérais ! Plutôt.

— Aucune chance.

Son sourire noir, narquois, ne me rassura pas.

— On verra, Salamèche.

— Alors, on recommence avec les surnoms ?

— Tu préfères que je t'appelle *jeune fille* ?

— Jamais.

— Et pourquoi pas *compagne* ?

Mon Dieu. Ce mot n'envoyait pas de la glace, mais de la chaleur, et pas dans mon dos, mais loin dans mes tripes. Plus bas, même. Juste entre mes jambes.

Je ne lui permettrais pas de me séduire avec une parole.

— Je croyais que les dragons n'avaient pas de compagne.

— Nous n'en avons pas.

Je… quoi ?

— Mais tu as dit que j'étais ta compagne.

— Je sais ce que j'ai dit, et tu l'es.

— Je ne comprends pas.

— Nous n'*avons* pas de compagne. Mais on… leur demande de nous accepter, expliqua-t-il, avec un genre de grognement gêné dans la voix.

— Vous… demandez ?

— Oui.

— J'ai besoin d'éclaircissements.

Il poussa un soupir long, fort et frustré.

— Nous ne sommes pas comme les autres métamorphes.

— Je te jure que si tu me sors une phrase du genre « et tu n'es pas comme les autres filles », je te coupe en deux.

— Rien ne peut trancher mes écailles.

— Rien ?

— Rien.

— Eh bien, ça n'aide pas.

— Ça ne t'aide pas. Pour moi, c'est plutôt sympathique.

Il haussa les épaules.

— Disons que j'aime bien ne pas me faire tuer.

— Je peux comprendre ça.

— Je peux continuer maintenant ?

Je m'assis sur un rocher et traçai des ronds avec ma main.

— Bien sûr. Pourquoi pas ?

Peut-être qu'il leva les yeux au ciel. Je n'aurais pas pu l'en blâmer.

— Les dragons ne sont pas comme les autres métamorphes…

Il leva un doigt quand j'ouvris la bouche.

— … parce qu'on ne pratique pas l'union instantanée. Notre animal prend son temps pour trouver son âme sœur, et une fois que c'est fait, on travaille à montrer qu'on est un bon compagnon. Il n'y a rien de forcé ou d'inévitable.

— Donc… pas de délire « *tu es à moi* », tout ça ?

— Oh non ! Tu es à moi, Salamèche. Mais au lieu que les destins te privent de ton libre arbitre, tu as le choix. Si je te prouve que je suis un bon compagnon, on peut être ensemble. Sinon…

Il haussa les épaules.

— Eh bien, ça arrive.

Pas de perte d'individualité. Pas de couple forcé. Aucune chance d'être piégée avec un abruti comme Luca. Ça n'avait pas l'air trop mal. Ça éclairait aussi quelques trucs.

— C'est pour ça que tu ne voulais pas m'embrasser.

— Tu devais le faire toi-même.

Hmmm.

— Donc quand je t'ai dit que tu pouvais agir à ta guise…

— Mon dragon était incroyablement heureux.

Il sourit, du feu dans les yeux.

— Mais je l'ai repoussé.

— Pourquoi ?

— Parce que ce n'était pas ce que tu voulais dire, et je ne vais pas t'obliger à être avec moi.

— Non ?

— Non. Mais je me battrai pour toi. Je te prouverai que je suis un bon compagnon.

— Et si je ne veux pas de compagnon ?

Il cligna des yeux. Silencieux. Immobile.

— Je ne te forcerai jamais.

Non, il ne me forcerait pas. Je le savais comme je connaissais mon nom… qui n'était pas Salamèche. Mais il fallait parfois se plier. Et moi ? J'étais prête à cela.

Je me levai, le regardai, les sourcils froncés. Je m'avançai vers lui doucement. Je m'assurais de faire physiquement le premier pas.

— Et si je te choisis ?

— Alors, je passerai le reste de ma vie à m'assurer que tu es la femme la plus heureuse de tout Kinship Cove.

— Oui ?

— Oui.

Il s'approcha, sans me lâcher des yeux. M'immobilisant avec un regard. Un regard plein de chaleur et d'envie, de luxure et de désir. Plein de tout.

— Je suis à toi, Ginger. Je le serai toujours, mais ça ne signifie pas que tu dois être à moi. Mais si tu décides de l'être, je travaillerai dur pour garder ce beau sourire sur ton visage.

Il enleva mes cheveux de mes épaules, si proche de moi que je pouvais le sentir. Si beau que c'en était douloureux.

— Je veillerai à ce que personne ne pose la main sur toi sans ta permission, y compris moi. C'est toujours toi qui exprimes le consentement.

Ces mots me réchauffaient comme rien d'autre n'aurait pu le faire. C'était mon choix. Pas celui des destinées, pas le sien, pas celui de quelqu'un d'autre. Le mien. Je pouvais avoir plus d'une nuit avec lui, j'étais en mesure de l'avoir les jours, les semaines, les mois et… plus. Simplement plus. Nous n'avions pas à parler de coucher ce soir, pas besoin de faire de promesses qui nous survivraient. On pouvait seulement s'appartenir, prendre soin l'un de l'autre et être ensemble. Je n'avais qu'à choisir.

Et dans mon cœur, la décision était simple.

— Je peux t'appeler Papa ?

Son grognement cassa le silence de la nuit.

— Tu peux m'appeler comme tu veux, tant que tu me décrètes à toi.

— À toi ?

— À moi, gronda-t-il, son corps entier empli de ce que j'imaginais être de l'attente. J'ai besoin de l'entendre, Salamèche.

Oui, bon… on pourrait travailler ça. Plus tard.

Je lui adressai un sourire impertinent et attrapai son bras, incapable de ne pas le toucher quand je murmurai :

— Tu es à moi.

Sans mouvement visible, Kingston me plaqua au sol. Une seconde auparavant, j'étais debout, et je me retrouvai allongée sur le sol, avec lui au-dessus de moi. Il avait rugi plus fort et plus longtemps qu'avant, et c'était devenu un ronronnement continu qui frappait ma poitrine alors qu'il utilisait ses mains d'une manière effrénée pour me déshabiller. Je me sentis devenir folle, serrée et coincée dans mes vêtements, jusqu'au moment où ils me laissèrent de la place. À l'instant où nous nous retrouvâmes nus sous le ciel étoilé, sur un à-pic. D'où je pouvais garantir que je ne descendrais pas sans lui.

— Je n'ai pas envie de rentrer en marchant ce soir.

— Je ne comptais pas t'en laisser le loisir.

Il vint se coller contre mon corps, glissant en moi avec seulement le bout de son sexe. Me regardant, tout à fait concentré.

— Dis-le.

— Dis quoi ?

— Que tu es à moi et que je suis à toi. Donne-moi ton consentement, Salamèche.

Oh ! encore ce nom. Il ne méritait presque pas mon accord direct. Presque. Mais je pouvais mourir si je devais attendre encore avant de le sentir à l'intérieur de moi.

Une mort par manque de sexe.

Ça pouvait exister.

— Tu es à moi, déclarai-je, sans murmurer.

M'assurant que lui et les destinées au-dessus m'avaient entendue. Seulement au cas où.

— Et je suis à toi. Maintenant, fais-moi l'amour, Papa. Je crois que c'est l'heure d'être compagnon et compagne.

— C'est toujours l'heure pour ça.

Il poussa en moi, m'écartant. Me remplissant tellement que je fus presque pleine. Juste assez pour ne pas avoir mal. Il était si bon, cet homme. Si fort et si grand.

Et à moi.

Quand il me prit sur cet à-pic sous le ciel, mordit mon cou et murmura des mots coquins à mon oreille, et qu'il me fit jouir encore et encore et encore… et encore… je sus que j'avais pris la bonne décision. Mon corps aimait cet homme, mais le reste aussi. Sa nature désireuse était mon complément parfait, le sel de mon sucre. Ou le sucre de mon sel… Cette comparaison dépendait vraiment de mon humeur. Mais je m'égarais.

À un moment, Kingston me mit sur mes genoux et passa quelques minutes à me frapper les fesses pendant que je riais et que j'essayais d'échapper à sa main. Il se contenta de me tenir plus fort et de rugir mon nom tout en dressant la liste de tout ce que j'avais accompli et qui méritait apparemment ce châtiment. Des choses comme saliver devant des gâteaux à la cannelle et l'obliger à prendre des douches plus longues parce qu'il devait évacuer l'idée de moi dans cette situation. Il me fit rire en prétendant me punir, et c'était une chose que j'avais hâte de recommencer dans un futur proche.

Cet homme, ce dragon, était à moi. Et même si je n'avais jamais rien attendu pour plus d'une nuit, j'avais hâte de voir ce qui viendrait pour nous. Je ne m'ennuierais jamais, j'en étais sûre.

Je devais aussi trouver d'autres façons de l'embêter pour recevoir d'autres fessées.

Pour pouvoir l'appeler Papa.

ÉPILOGUE

GINGER

— Descends d'ici, jeune fille.

Bordel, Kingston aimait vraiment vivre au bord du précipice. Et quand je parle de précipice, il s'agit de celui de mon humeur.

Je m'étirai un peu plus loin, mordant ma langue en arrivant à la petite forme argentée qui semblait vouloir se cacher.

— Jamais. Je dois atteindre le crochet suivant.

— Tu sais, si tu comptais exercer un travail qui demande de s'écarter, tu aurais dû me le dire. J'aurais été heureux de payer pour ce genre de services.

Ah, les blagues sur les travailleurs du sexe. Toujours amusantes.

— Tu me donnes du bon vin et de la glace. Mes prestations sont offertes par la maison.

— C'est bon à savoir. Maintenant, tu vas m'expliquer ce que tu fabriques dans une position aussi instable ou je dois deviner ?

Par instable, il voulait dire sur une échelle devant la pâtisserie, m'étirant vers la droite aussi loin que mon corps l'acceptait. Enfin, je n'étais pas assez haut pour mourir si je tombais, mais… Ce n'était pas l'action la plus sûre que j'avais réalisée. Je ne le lui dirais pas.

— Je voulais installer la guirlande avant la première neige.

— Bonjour. Je m'appelle Kingston et je serai la créature ailée de ta vie. Tu aurais dû demander de l'aide.

Je lui tirai la langue, retenant un sourire pour résister au sien.

— Il y a des choses que j'aime faire seule.

— Comme te mettre dans une position qui pourrait te coûter quelques os ? On doit changer cette mentalité, Salamèche. La sécurité avant tout et tout ça.

— Peut-être demain.

Je m'étendis encore, tâtonnant pour trouver le crochet.

— Je l'ai !

Je passai le câble dans le crochet au moment où je perdis l'équilibre. L'échelle sembla glisser sous mes pieds, et le sol s'approcha de moi à une vitesse impressionnante. Pourtant, je n'eus pas le temps de le toucher. Enfin, je heurtai ce qui semblait un mur de pierre, mais il avait des bras pour ralentir ma chute et une odeur qui apaisait la panique en moi.

Un mur de dragon.

Mon dragon.

Qu'il était agaçant.

— Par les destinées, jeune fille. Je ne te laisserai plus jamais seule, dit-il avec un grognement profond, long et pas du tout sexy.

Ouaip. Toujours une menteuse qui mentait.

— Parfois, tu es obligé. Ça a été au travail ?

Kingston avait emménagé à Kinship Cove pour saisir l'opportunité d'élargir sa clientèle. Du moins, c'était ce qu'il m'avait raconté, mais on savait tous les deux qu'il était venu pour être plus près de moi. Des menteurs qui racontaient des craques, vous vous souvenez ? Il avait consulté un poissonnier pour savoir comment distribuer ses produits au mieux. Les dragons transporteurs existaient, apparemment, et il avait un réseau d'amis qui pouvait emporter le poisson de Kinship Cove à travers les montagnes jusqu'à la prochaine ville de métamorphes. Moyennant rémunération, bien sûr.

— Ça a été. Et toi ? De nouveaux plats que je dois goûter ?

Je lui souris alors qu'il me portait jusque dans la pâtisserie.

— Tu es vraiment devenu amateur de friandises.

— Seulement des tiennes, corrigea-t-il juste avant d'enfin m'embrasser. Hmmm, épicé.

— Un peu plus.

Il vint pour m'embrasser de nouveau, me tournant dans ses bras pour que je puisse l'entourer de mes jambes et qu'il me tienne par les fesses. Pour qu'il me chauffe en me pinçant et me caressant. Quand il me plaqua contre le mur et qu'il rugit contre ma poitrine, pressant son sexe contre moi.

— On devrait rentrer.

Je me remuai contre lui, pour qu'il sache ce que je désirais. Je n'avais en réalité jamais eu de problème avec ça. L'homme était insatiable et avait pour obsession de me combler. Pour ce qui était des orgasmes, nous avions réussi le fameux ratio cinq contre un. Je ne me plaignais pas.

— On devrait. Je ne voudrais pas taper ce petit cul là où tout le monde pourrait nous voir.

Il me donna un petit coup pour me montrer. Je sautai. Vous auriez sauté aussi.

— Pas sûre de savoir pourquoi je mérite une fessée. J'effectuais simplement mon travail.

— Te mettre en danger ne fait pas partie de ton boulot. Tout comme le raccordement électrique.

— Je suis propriétaire. Tout est à ma charge.

— Eh bien, disons que c'est mon travail.

— Tu ne bosses pas ici.

— Je pourrais. Et j'accepterais pour ce genre de missions.

Il m'embrassa de nouveau, me laissant retomber sur mes pieds.

— Demande-moi de t'aider, Salamèche. Je serai heureux de faire ce dont tu as besoin.

— Très bien.

Je tournai la pancarte sur la porte pour afficher « Fermé » et me précipitai pour la verrouiller avant de pivoter en agitant les doigts vers l'homme qui me rendait folle… de la meilleure façon.

— Mais pas d'échelle pour toi.

— Non ?

— Non. Tu pourrais tomber.

— Je ne tomberai pas.

— Tu pourrais. Et tu es plus vieux que moi. Tu ne t'en remettrais pas aussi vite.

Je l'attirai dans la cuisine, retenant un rictus face à son regard glaçant. Oh, ce garçon était si drôle !

— Je me rétablis facilement.

— Tu pourrais te casser une hanche. Et qu'est-ce que tu ferais ensuite ? Comment tu me garderais en sécurité et heureuse avec une hanche en moins, Papa ?

Ça fonctionna. Il grogna profondément et m'arracha du sol, me pressant contre la porte de derrière, presque haletant. Il avait des pupilles de chat, sa peau devenait noire à mesure que ses écailles poussaient. J'adorais sortir son dragon. Je vénérais son côté animal.

Surtout quand on était à la maison et que je pouvais le déshabiller.

Parce qu'on n'avait plus le droit d'être nus dans la pâtisserie.

Ne posez pas de question.

— À la maison, dis-je, désirant tellement plus que ce que je pouvais prendre à l'endroit où je travaillais. Maintenant.

— Demandes-tu quelque chose, compagne ?

— Oui.

— Alors, d'accord.

Et aussitôt, nous volâmes. Et je ris pendant tout le trajet.

Être unie à un dragon-garou était la meilleure chose, surtout pour se déplacer.

Mais je ne lui parlerais pas de cet aspect de notre relation.

Bon, d'accord… Peut-être. Mais seulement si ça signifiait qu'il volerait plus vite. J'avais besoin de ses mains sur moi, pas de ses griffes. J'avais besoin de son corps sur moi, pas pour me porter. J'avais besoin de lui.

Tous les jours.

Tout le temps.

Et peut-être… seulement peut-être… pour toujours.

Jusqu'à la fin.

Merci d'avoir pris le temps de lire *Un Délice de Dragon*. J'espère que vous avez adoré Ginger et Kingston, mais voulez-vous savoir ce qui arrive ensuite ? Jetez un œil à l'histoire de la sœur de Ginger, Madeleine, et de l'ours-garou qui l'aime depuis bien trop longtemps. Découvrez *Un Ours Tout Sucre Tout Miel*, le troisième tome de la série *Kinship Cove : Compagnons & Macarons*.

À PROPOS DE L'AUTEUR

Conteuse d'histoires depuis qu'elle a appris à parler, l'autrice de best-sellers Ellis Leigh, reconnue par *USA Today*, a grandi entourée de légendes familiales parlant de hantises, de médiums et d'amour qui dure des décennies. Ces histoires n'avaient pas toujours les fins les plus heureuses, mais elles l'ont inspirée pour écrire des histoires parlant de la vraie vie, du véritable amour, et des difficultés qui y sont liées. Des fermiers aux loups-garous, des employés de magasin aux sorcières – s'il y a de l'amour dans l'air, elle en écrira l'histoire. Ellis vit dans la région de Chicago avec son mari, ses filles, et un berger allemand qui refuse de s'éloigner d'elle.

Ellis écrit également des romances à suspens sous le pseudonyme de Kristin Harte, des enquêtes policières paranormales sous le pseudonyme de Millie Thorne, et de courtes histoires érotiques thématiques avec l'autrice Brighton Walsh sous le pseudonyme de London Hale.

Soyons amis
www.ellisleigh.com
ellis@ellisleigh.com